观世与思考

殷海航 著

九州出版社
JIUZHOUPRESS

图书在版编目（CIP）数据

观世与思考 / 殷海航著 . -- 北京 : 九州出版社，2024. 7.

ISBN 978-7-5225-3147-2

Ⅰ. I267

中国国家版本馆 CIP 数据核字第 202434HA37 号

观世与思考

作　　者　殷海航　著
出版发行　九州出版社
地　　址　北京市西城区阜外大街甲 35 号 (100037)
发行电话　(010)68992190/3/5/6
网　　址　www.jiuzhoupress.com
电子信箱　jiuzhou@jiuzhoupress.com
印　　刷　河北赛文印刷有限公司
开　　本　710 毫米 ×1000 毫米　16 开
印　　张　9
字　　数　120 千字
版　　次　2024 年 7 月第 1 版
印　　次　2024 年 7 月第 1 次印刷
书　　号　ISBN 978-7-5225-3147-2
定　　价　45.00 元

目录

容貌焦虑的糊逻辑

人为什么会有容貌焦虑呢？因为长得好看是获得别人的认可和好感最快捷、最方便，也最不需要理由的办法，尤其是在求偶期或是求职季。即便是再普通的社交，把自己捯饬的人脸识别都认不出来，也是个性价比很高的投资。有几个人中宵立风寒的打赏是因为失眠呢？不是因为睡不着了才多看她几眼，是因为多看了几眼才睡不着。

有心理学家说，容貌焦虑其实是一种懒惰，因为无法使用容貌快速搞定局面这种投机取巧的办法，又没有其他长处，从而心理上产生了自卑。

这理论乍听起来还挺唬人的，仔细一想，这也还挺讲逻辑的，虽然只说对了一半。要知道这是个看脸的世界呀。没有买卖便没有伤害。我容貌焦虑只能怨我自己吗？

也许一个人一生中曾多次遭遇至暗时刻，尤其年轻的时候，站在镜子面前连自己都讨厌那张脸。

颜值即正义，这种扭曲的世界观，在短视频平台上却一次次被无数的神回复无可辩驳地扳直了，直得无比正确，直得我哑口无言。

这种情形无处不在，工作中，生活中，学习中，求偶中，这就太容易让人产生一种误会，以为长得好看了，不但能满足别人的原始冲动，还能踏上自己的生存快车道。于是一个怪圈就出现了。越没有才华傍身，就越想靠脸吃饭。

懒得通过琐碎的交流或是人品的正直去获得正向的社交评价，懒得通过扎实的学习和勤奋的工作去积累自己的人生，总是嫌这嫌那，嫌效率太低，嫌效果太慢。

这个怪圈的能量出奇地强大，只要进了圈，化妆品，上；手术刀，上；容貌焦虑，上。最后，所有人都发现圈外还有一个圈——年龄圈。你纵有颜值，一旦人老珠黄，便纵有千种风情，不是你更与何人说，而是何人与你说。

有人说，你内心强大了，就不会有容貌焦虑了。那可不一定，比如，你就觉得你的内心就够强大的，但是很可能你对于你儿子有容貌焦虑这种焦虑，还是会很焦虑。你自己越过了这道山，没想到孩子还有他的那一道坎，子子孙孙无穷尽也！

莎士比亚说，人生就像傻子讲的故事，自己明白、别人不懂才是真快乐。这种大佬，深刻的话总是故意说得很直白，那我就把这句直白的话解释得深刻一些吧：时间就像一条河，漂在表面的泡沫，肤浅污浊，比如青春、美貌，卑鄙、嫉妒；冲不走的，才是你该下功夫的，那是你深埋的黄金。

乡间别墅的狂野

我们的古人挣了钱干什么？购田、置地、买房子三件套。

挣了大钱干什么？购更多的田，置更大的地，买更大的房子。

现代人挣了钱干什么？买房子。

挣了大钱干什么？买更大的带院子的房子，买别墅。

不论什么原因，如今地租的收益大幅下降，购田置地对现代财富就失去了吸引力，以钱生钱也就是投资收益才是好选择，更何况还有所有权与使用权之分？

如此一来，在能彰显身份和财富的量化消费指标中，宅院的宽窄和房子的空

间毫无疑问是头部参数，排水排污问题的解决和电力的输送使得一种非常规的居住户型从金字塔顶开始下移，那就是别墅。别墅既能直接犒劳自己一份幽秘独立，又能无声无息地对外传递自己的得意尽兴，既能宽慰农耕文明刻在自己基因中残留的田园向往，又能充分享受现代科技文明带来的舒展惬意。手中有钱，心中有墅，为什么不买呢？

但君子爱墅，应求之有道。鸽子笼的居民，在楼顶动点小心思搭个小窝棚多放点舍不得扔的破烂，都可能要被连夜从床上提溜起来拆除，于是那些在开阔的度假公路旁，形态妩媚、审美动人、颜色感人的野路子山间别墅们，就再也不能打着追求美好生活的 Flag 了。每次我在 GDP 探花大省的省会乡间的车上疾奔，看着那些洋溢着 SDTV 水准的色调和气质的大 House，江湖的狂野也是每每翻腾：为什么我的车就没有拖着两台挖掘机呢？

当代爱情故事

她将满头小瀑布长发卖了换表链，你将祖传三代的金表当了买发卡，可怜又可爱的人儿在上帝眼皮底下幸福地相拥哭泣。旁观一百年前这样的爱情你不心动吗？

心动！但且慢，醉人的故事都是匠心的编造，美丽的传说都是包装的产物，纯情的老调被拿来重弹，瞄准的就是你柔软的内心和情感想象力，5 块钱的成本加上 5 毛钱的包装特效，还有你无穷大的爱情想象加持，丝滑齐整的巧克力就可以卖出几十倍的价格。礼物在如今的情人节里早就已经沦为配角，都是些过了午夜 12 点就不值钱的扔货，检验一个人的真心，还是得靠货真价实的红包。520，

5200，52000，520000，有些小伙子们别说把祖传三代的金表卖了，就是十八代祖宗的老挂钟卖了，也凑不出红包的一个零头。

互相取暖的贫穷爱情再也不能拿来骗取情人的泪水了，这倒没错，但把什么都包进红包，用商业的理性来衡量一切，用交易的眼光评估目光所及的一切，似乎也没靠什么谱，这种现实理性并没有变出一个更美好的世界。

近200年前，克尔凯格尔曾说，绝望有两种：一种是逃避现实，追求理想，隐士空想家都是差不多的例子；另一种是嘲讽理想，一心只想世俗成功。克氏把这种情况称为“致命的疾病”。

照这个标准来看，我们绝大多数人都生活得很绝望，有的一心空想，有的一心世俗，有的一心登顶，有的一心躺平。

怎么办？富不如贫，贵不如贱？那没有说服力。

我们就是肉体凡胎，一边深爱父母，一边又想逃离；一边想多做减法，一边背上尘世的加法；一边肚里冷笑，一边脸上憨笑；夜里发狠，白日装㞞。

唯一能说服自己又让自己心里舒服的，只有两个字——笑、善。

互联网不全是杂音

互联网是有记忆的，总有一些沉没沟底的碎片会被有心人所铭记；互联网又是健忘的，我们总是刚刚喧嚣于昨日的迷雾，转眼就去追逐今日的疑云；互联网不相信眼泪，强者的语言总是响彻顶峰，弱者的哭泣无人关心停留。如今的互联网没有真相了吗？每个人都被自己的眼睛和耳朵所切割，每个人都站在自己的马里亚纳深沟里各说各话自言自语，互不信任又绝不妥协，这太可怕了。而这种分割的世界，又是我们共同造就的。

什么是舆论？舆论不是造谣传谣信谣，是只想凭着朴素的是非观念去要求一个有说服力的真相；什么是民意？民意不是吃瓜的人群有多大，更不是围观者大起哄，是对别人的遭遇复制于自身的恐惧，是对沉默的大多数有朝一日自己也要同样面对的担忧。这样的舆论和民意何曾捆绑什么？这难道不是茫茫人海中一分子基本的权益吗？

黑夜给了我们每个人一双黑色的眼睛，可有些人偏偏就不去寻找光明。他们以在黑暗中猎取为乐。他们以为总可以用黄灿灿的金子去织就一张牢不可破的保护伞，却不知道金山银山总有用完的那一天，利益结成的同盟总是在顷刻间会土崩瓦解。是金子总会花光的，是狼狈总会散伙的，是邪恶总要被审判的。

我们的声音，就是要让这个记忆、健忘、眼泪与真相混合的世界里，弱者能有舆论陪伴，正义能与民意同行，这就足够了，不是吗？

误解与名声同行

莫言的作品真的是在迎合西方人的口味吗？如果有人真的是这么认为的，那起码说明两个问题：第一，这些人看莫言的作品太少或者是根本没看过；第二，他们看其他诺贝尔文学奖获得者的作品也太少，几乎可以肯定地说，根本就没看过。

但凡你要是翻一翻诺贝尔文学奖的历史，都会发现，批评自己生活的土地如何怎样，抨击自己生活的现实遭遇的不公发生的不平，几乎是整个人类文学的宿命话题，无论中国还是外国，无论北美欧洲亚非拉，有哪一位作家是因为歌功颂德获得了诺贝尔文学奖的？批评是文学的使命，起码这一点我是赞同的。文学的价值就在于它给予了我们一个不一样的发声系统。别的不说，如果一个国家每一个人都说着一模一样的语言，用着大差不差、半斤八两的词汇，你自己是不是也觉得挺无聊的。那样的话，一旦你遭遇了什么事情，周围的人就不是沉默的大多数了，而是沉默的全部。

即便我们最熟悉的四大名著，你只要稍微考察一下，哪一部是歌舞升平盛世颂歌呢？还用我掰开了揉碎了再说出来吗？在这里我还要特别祈祷两个人，因为这两个人被“喷子们”看作是特别有利的叫嚣武器。

一个是索尔仁尼琴。这个人也是诺贝尔文学奖获得者、苏联作家。他获奖后，被迫流亡美国，却一反常态对美国也进行了大肆抨击，认为西方的民主完全不适合俄罗斯。苏联解体后，他又深感对不起祖国，用他自己的话说，人们不能忍受的是苦难，而不是自己的土地。而他一直被称为俄罗斯的良心。

另一个人是李敖。李敖虽然文史功底深厚，但是喜欢说大话，语言用词浮夸，他的那句“骂自己祖国才能得奖，我没有骂，所以我没有得奖”，可以说在诺贝尔文学奖网络争论之战中成功地带偏了非常多的人。他倒是真的没有骂祖国，但仅凭着一本薄薄的《北京法源寺》就想获得诺贝尔文学奖，也太能投机了吧？他没有获得诺贝尔文学奖，是凭实力输掉的，怨不得别人没眼光。平心而论，写白话文杂文、打嘴仗，他真的是一个奇才，写小说嘛，就不见得了。

最后我再谈一谈最初的主题，莫言真的是迎合了西方的口味吗？想想金字塔下总是有阴影的吧，光明的灯塔下也总有灯下黑，索尔仁尼琴的错误在于他将黑暗归罪于金字塔本身，而莫言，从没有这样干过。

同桌不同餐

我们吃饭是合餐，西方人讲究分餐。其实大家都知道，我们自古也是分餐的，远的不说，《红楼梦》里证据就非常多，甚至比西方人分得还精，连酒壶都是每人一把，当然了，这些都是VIP的排场，下人和小百姓是没有这么排场的，一直是现在的合餐制，这大概是“君子和而不同，小人同而不和”的又一体现。

到今天分餐在百姓聚会上早已成了共识。“食不厌精，烩不厌细。”餐桌礼仪和酒文化早就成了中华大地妇孺皆知的学问，各种美食地图、手机App更给了吃货们无穷的流窜动力。

但是认定自己是身不由己，也不会使你就比主动吃拿卡要高贵些，更不会就使你因此逃避得了自然规律。天天在五星级酒店有品有味地“吃”、整日在小餐馆里大快朵颐地“塞”，我相信结果都是差不多，等待医院里长长的清单掏空你、吓死你。身边已经发生了太多这样的真实的故事：一桌人同吃一席，有的少吃少喝，只拣些青菜意思意思，有的大吃大喝，无肉不欢，无酒不乐。多吃的借口众多，不是觉得少吃就亏了，就是“不痛快，毋宁死”，还有更直接的“得病就得病，早死早托生”，倒是显得很是性情。在这两种人中，还夹着一种不易发现的人，就是嘴上说少吃、嘴里肉不停地嚼，这种人，无论分餐合餐，都是念的口头经，说的“口头禅”，肉没少吃，话没少说，医院自然少不了他，不得病的还嫌他瞎叨叨，最让人头疼。

这样就出现了很好玩儿一事情，即便是合餐吃饭，一大桌子人，上的是一样的菜，吃到嘴里的却是不一样的货，上的是一样的山，唱的是不一样的歌，少吃了肉，也少了医药费，多吃了肉，也多了医生朋友。都说人生因为选择不同而不同，一点也没错。

男孩打拼，女孩打拳

有闺蜜朋友不止一次地感慨，如今的男孩真是配不上身边的女孩呀！我问为什么？她说你看，走在街上，常见风姿绰约的女孩惊鸿一瞥地飘过，可是她们身边的男孩从外貌气质上大多数都畏畏缩缩，没有可观之处，感觉白菜都让猪拱了，从来没碰到过“陌上人如玉、公子世无双的小哥哥”。

纯粹“以貌取人，以色配人”的判断，虽然直觉上可能让人不舒服，但真的有这种现象。

静下心来的时候，我倒琢磨出了一些味道，内心里还真有点为男孩子们抱不平。

年轻女孩子，无论家世、身材、相貌、学识如何，在情意绵长的年纪找到一份感情的寄托之后，一腔温柔便有了可施予的对象，大约心里就暂时安定了下来，那个不起眼的男孩便如魔术师一般，让原本就青春无敌的姑娘迎来了千娇百媚的高光时刻，想低调都低调不下来。

男孩可能就不一样了，一来费尽心思追来的心上人到了手，这份得意很快就成了压力，既担心一穷二白无力圈住金丝雀，又害怕有钱油腻大叔强敌在侧，随时上演，这样提心吊胆，三魂六魄中先丢了一项专注之力，先失了一份心神，少了一份飞扬；二来就算两情相笃无猜，未来房子、车子、孩子三座大山也都是男权社会赋予“成功青年”的标准课题，绕不开，逃不过，搞得年纪轻轻，心事重重，郁郁寡欢，自然又少了一份南山和淡之气，哪里还有几分少年人的白衣华彩，锈气和晦气倒是多了一点；三来中国历来就不缺两条腿的贫穷上进少年郎，竞争挤压格外激烈，别说你喘口气享受享受美眷佳侣的神仙日子，不拼命投机取巧机会都成了别人家的菜，这样的环境，你让这些年轻人怎么面如冠玉、气盖寰宇，能不要个无赖就是好孩子了。

前一段还看到一个新闻，一个女孩在大街上大骂自己的男朋友没有本事。那男孩羞愤之下，竟然扇起了自己耳光。当然这事情也怪不得姑娘们，女性资源原本不是什么稀缺资源，也是小伙子们太贪心，姑娘不好看的不要，模样不可人疼的就不追，这悲惨的局面，也真是自作自受，一个巴掌拍不响啊。

活着的意义

我最怕小弟妹们向我问的一个问题是，人活着的意义到底是什么？我通常都是能换个问题讨论吗？这个问题太难了。接着的追问是，你也没有答案吗？我说不是，我有，但是我的回答，你肯定不会满意。

人活着，到底为个啥？几千年来无数的人给出了无数的答案，随着人的进化，社会的演化一直在变。孔子告诉你要做君子要活得和谐，算是人文主义的鼻祖。老子反而不求秩序，他的眼光不在人事组织上，与俗世游离、追求个人生命的安享静谧才是他的精神，可是他能骑牛出关成为传说，别人可不一定，很多想像他一样生活的人，却活成了村里的树先生、山村里的二舅。庄子呢？他的主张和状态几乎对当下的每一个身心疲惫的中国人都有着致命的吸引力，像梦像蝶像鲲鹏，问影子问枯骨问北风。

西方人对这个问题就回答得漂亮吗？同样不见的。从苏格拉底到亚里士多德，他们告诉你一切都只是一段一团一种欲望，爱情财富地位，满足了，他就空虚，不满足，就痛苦，反正不是空虚就是痛苦，这明明是给充满困惑的年轻人又增加了一层迷茫。从塞涅卡、奥勒留，经过奥古斯丁，再到阿奎那、安瑟伦，人活着属于神、属于君、属于黑暗的中世纪大地，就是不属于自己。苍天哪，这种回答简直就是整个人类的暗黑地狱。

这就是我的答案吗？看起来好像说了很多，但又好像什么都没说呀？

你看看，我不早告诉你了吗？你不会满意的。其实我的答案很明白，那就是不要去问活着有什么意义，一切都是差异引起的不同感受效果而已，谁都代替不

了谁。

如果你觉得这人群太过喧闹，也许是你欠缺孤独的能力；如果你能在冷漠的海洋中寻觅到别人感觉不到的一股暖暖的暗流，在冰冷的物质世界里，能在角落中感激难得有片刻的宁静和点滴的幸福，谁能说你的人生就没有意义呢？

信仰也会迷茫

欠债还钱，天经地义。

应该没错，放到哪里都是真理。我们给这句话加点场景，有人拿 QQ 指着你，让你写下了借 500 还 1000 的欠条，这个理还真不真？你还回答得那么坚决吗？

我们把场景弄得再稍微丰富一些，一个征服四方的帝国，让他的每一个战败国，都要向他缴纳战争赔款，以赔偿他在战争中的损失，这个钱你还缴不缴？

让我们把历史再朝前推进一下，一个在国土之外有了上百个军事基地的现代文明国家，搞了一个组织，让其他国家都签了个协议，要交易就得用他的货币，其实是他们的债券，也就是贷款，而他呢，一直向你们借，也一直不还。欠债还钱，在这里就不再是真理，换了一个词叫真相，世界的真相。

是的，其实我一直想说的是这个世界很复杂。

小孩子问爸爸：“爸爸为什么你这么好，怎么还有人和你吵架？”爸爸说是因为每个人的观念不一样。孩子又问，那什么是观念呢？

观念就是心中判断事物对错的标准。

那学校里老师不都教了什么是对的，什么是错的吗？怎么大家的对错还都不一样呢？

因为每个人都想让好东西属于自己，差东西属于别人，这会让对和错的判断变得很复杂。

我们之所以拥有艺术，就是为了不被真相所击垮。我们之所以拥有科学，就是为了不被艺术所迷惑。我们之所以拥有立场，就是为了不成为别有用心的科学祭品。我们之所以拥有信仰，就是因为我们的经历证明立场有时候也会犯错。我们之所以追寻真理，就是为了证明信仰也可能迷茫。

该不该让小孩子读《论语》

该不该让孩子读《论语》？读老子，读庄子、先秦诸子的经典对塑造一个人到底有什么作用？这个问题看起来好像足够大，其实没那么复杂，我谈一谈自己的看法，也正好和大家讨论讨论。

先谈孔子。孔子放在今天是什么身份？一位社会教育工作者，精英阶层教育导师。那要把人教育成什么水平呢？君子。君子是个什么标准？一个是仁爱，对别人要仁厚，对自己和亲人要爱；另一个是守秩序维护秩序，也就是要遵守一套行为和道德规范。怎样才能达到这个目的呢？孔子提出的办法就是通过学“礼”来复“礼”，西周时周公的制度。听起来这是一套很美好的社会构想，尤其是上流社会如果人人都是君子，上行下效，那整个社会就会大同，但实行起来怎么样呢？在他生前，是没有人听他这一套的，也就没法去验证到底实行后社会会变成什么样子。他去游说君主帝王照他的模型搞一搞，但乱世之时，君主帝王心里想要的是更多的财富、更多的国土、更多的权力，他这一套显然一点帮助都没有。周游列国的结果就是犹如“丧家之犬”，没人听他的。他死之后，经过孟子、荀

子对他理论的查缺补漏，继承发扬，体系更完整了，开始有了“民”的视角，对人的本性展开了的性善性恶的讨论。然而，一直到了汉代董仲舒，他发现儒家这一套不是什么君子之道，而是教育宝典，尤其是对于老百姓。于是他写了本书叫《对贤良策》，提出必须实现思想的统一，配合一系列国家级的教育机关和手段，以前“无为而治”带来的重重弊端就会迎刃而解。

从此，中国的历代封建王朝独尊儒术，孔子也被加冕成了“大成至圣先师”。在他死后，他周游列国的意图却得到了空前的兑现。

问题是实行的结果怎么样呢？从不同的层面来看，结论是不一样的。从社会教育层面来看，无疑是非常成功的，他为中国人树立了一个高标准的道德标杆和社交规范，甚至给中国人建立了一套无障碍沟通的语言规范。一说大家都懂都明白。比如，“己所不欲，勿施于人。”“三人行，必有我师。”“人不知而不愠。”“有朋自远方来，不亦乐乎？”“以德报怨。”但一旦真正入世，这一套教育的标准和人内心的欲望和利益发生冲突的时候，就开始失灵，2000 多年来，产生了无数的口是心非的人格分裂症患者，人前道貌岸然，人后妖鬼难分。尤为讽刺的是，越是上流阶层，事后的反差越是剧烈明显。

学校里是这么教的，走上社会之后，却发现吃亏的都是当初的好孩子。和现在是不是仍然有点像？为什么会这样？这说明儒家这一套体系有重大 bug。

缺少了什么呢？简单来说，他缺了对个人内心精神的关注，少了对人性劣根的深度讨论。那谁关注和讨论这两点呢？前者是老子和庄子；后者是韩非子，也就是法家。

可是早在孔子的时代，我们就有了老子和庄子了呀？一个是清静无为，一个是逍遥江湖，不是可以用来建立我们内心自己的天地来对抗外面的世界吗？

老子用朴素的辩证法告诉我们，上善若水，静胜动，弱胜强，柔胜刚；只有遵循天道，清静无为，人才能做到内心的平静。天地不仁，以万物为刍狗，圣人不仁，以百姓为刍狗: 天地宇宙的运行自有它的规律，从来不以人的意志转移而转移，规律是冷漠的，天是冷漠的，宇宙是冷漠的，比如，地震、海啸、天灾，该来还是要来，和小民的祈祷哀求没有关系；无论君主还是小民，人只有像“道”一样治国，像刍狗一般生存，要不争不竞，要不美不智，知白守黑知雄守雌，顺天，天道就是人道，就没有多少烦恼了。这非常类似于佛家的放下，但其实和佛家有着巨大的不同，佛家的天道是对刍狗有感应的，你有苦有难，我知苦知难，大慈大悲灵感观世音，叫天天应，叫地地灵，对人的精神抚慰是具有即时满足效应的，所以佛家有更多的信众。老子虽然也同情弱者，但他觉得天道无情，天若有情天亦老，那是自欺欺人，因为一切都是虚空，有期盼就会有失望，失望了，信仰就会破灭。这和他一贯所说的概念系统，比如，讲秩序最后就会失去秩序，讲仁义最后就会失去仁义，讲慈善最后慈善就会成为把戏，是完全一致的。

庄子，则离我们更近一些，他给我们绝望的大脑留了更多的退路，相濡以沫不如相忘于江湖。“鼓盆而歌”，妻子刚死，他就敲锣打鼓，唱起来了，潇洒忘我通透。他的哲学是个人化的，是朋友和朋友之间关起门来说的话，社会越是被权力所挤压，庄子在人的心底里就越发有市场。

有了老子和庄子，中国文化的性格和中国人的性格，才变得很不一样。

很可惜的是，如果仔细读一读《道德经》，会发现他的落脚点仍然是君主，无为而治的前提是“民之难治以其智多”，解决的办法就是“不见可欲，使民心不乱”，以智治国，国之贼，不以智治国，国之福。说到底，对于个人内心精神的探索，仍然是质朴的辩证，观察的归纳，走不出经验的束缚，名为常道，其实是一些理念之道，距离道和术融为一体的真理之道还差那么一点；庄子走得比老子要远得多，但过于浪漫和诡辩，老子是以无为之手成有为之事，庄子是彻彻底底的无为，我就这个样，我这样很舒服，很有一些无政府的超存在味道，推崇他这一套理论的人是哪些人呢？首先比如终南山的隐士、无所事事的城市闲汉；其

次就是厌倦了香车美女、找不到追求、无病呻吟的富二代，或身心俱疲但衣食无忧的人士。

这种导不出先进思维工具和实用学科并带领文明升级的质朴哲学很难说是放之四海皆准的恒道，首先帝王将相这些上流阶层就不喜欢，因为没用。拿来治理天下是不行的，连治理三户人家都会手忙脚乱、一团糨糊。所谓“尧舜户说人辩人，不能治三家”。个人认为，确确实实得到了历代帝王实际的认同并施行的，能治理天下的理论是法家，韩非子。

该不该让小孩子读《韩非子》

前面谈到孩子不该读《论语》，因为容易造成孩子人格分裂，说一套行一套；说孩子不该读老子和庄子，因为他们回避商业社会的竞争规则，容易造成孩子清高避世，却为自己的消极退缩振振有词，两者都欠缺了对社会性生存艰难性和复杂性的考量。从个人层面出发，儒家人为地淡化人性的劣根，老庄则机锋诡辩，直接抛弃对恶的干预，读这样的书，不能说是在给孩子开智，倒更像是在给孩子灌迷魂汤。

前面我们也提到了，法家能够直面人性之恶，填补了以上两家的空白。《韩非子·内储说下》说遍了天下人活着有多么难，从君主到贱民，男女老幼，高低贵贱，无一例外，处处是坑，步步有灾，每一个故事都既生动又鲜活。

为了对付人性之恶，韩非的办法是什么呢？一个是严刑峻法，这个不出奇，在他之前商鞅已经在秦国实践了一把；一个是压扁社会。这个是韩非对中国2000年封建制度选择作出的重大贡献。通俗来讲，就是把君主的权力一竿子插到百姓的底，也是采取了两个大的手段。一个是消灭五蠹，这个高中课文都学过，也就是把影响社会扁平化运行的五类人统统拿掉——（1）学者，这类人空谈误国不利于思想统一;（2）言谈者，大概相当于现在的自媒体大V;（3）带剑者，这类人以侠义自称，多数都是些滥用私刑的人，只会搅乱法律的施行;（4）患御者，逃避兵役不为国家出力的人;（5）商工之民，不从事真正生产去种粮食种菜，却投机倒把，都应该被消失。再一个是消灭重人，也就是握有重大权力的高官贵族，他们会架空君主，压榨百姓，是国家的大患。这就是看透了人性的恶，不怕你坏，消灭你就是了。自此全天下不是当当兵的就是种地的，仗剑天下，游手好闲，可以，交个人头就行了。

秦王嬴政正是受了这种思想的影响，才有了中央集权的封建制皇权构思，统一天下后，他才成了秦始皇。自此之后，其实历代帝王真正的老师都不是孔子，韩非才是。六国刚统一时，秦国当时的丞相叫王翦，兴奋地以为自己能够分个一城半地称王称侯的，结果嬴政直接宣布取消分封，改立郡县，自己直接领导，把王翦这些王公贵族震晕了。

先秦诸子中，正是有了韩非子这种出色的头脑，百家争鸣才最后有了结果。赵魏韩慕仁义而弱乱，你们不是以人治国吗？完蛋了；不慕而强者，秦也。秦国不搞这一套，所以他才强大。其实这是韩非的谦辞，他原话其实是想说，慕我韩非者而强者，秦也。事实也确实如此，嬴政还只是秦王的时候，读了韩非的《孤愤》之后，兴奋得大喊大叫，这才是好文章，寡人要是能和他拉上半天呱，唠上一宿嗑，就是死也瞑目了。

《孤愤》，从名字上就可以看出韩非写这篇文章的时候，自身就明白，他的观点势必不被这个世界所理解，他是孤独的，孤独地忠于国家，忠于君主；他是愤怒的，它的对立面不但有形形色色的小民，还有位高权重的大臣贵族，他愤怒自己斗不过他们，他愤怒自己的声音被淹没，他愤怒君主不能都听到他的声音。

他也确实死不瞑目，因为他没能活到亲眼看一看自己理想实现的那一刻，还没有灭六国统一天下呢，他就先被自己的同学李斯陷害进了大狱，按说像他这么有头脑的人，不至于进了大狱没有自救的方法，但他硬生生地自杀了。可能是他天生悲观的性格击垮了他活下去的意志，虽然他的自杀在意料之外，却是在情理之中。你想想看，他把人性看得那么透，被自己的同学所陷害，他心底里该有多绝望啊。

谈到这里，咱们又该回头说说最初的话题了，这样的东西适不适合孩子读呢？当然不适合，一是他是写给君主看的，二是他看遍了人间的恶，心底里还会留下多少阳光，眼睛里还有多少纯净？

但这个话题还有多说两句的必要，有了儒家的道德高标准、老庄的洒脱通透、法家的犀利透彻，三家结合，是不是就有了完美的制度框架了呢？不是，因为这里面，一是有一个能不能合、怎么合的问题；二是2000多年前的东西，进化了2000多年，进步并不大；三是这世上没有完美的制度。

你要问我自己内心有没有自己的观点和构想呢？有的，但那是另外一个庞大的话题，咱们这里就可以结束该不该读国学的讨论了。

资源、认知和运气

在雄心遍地却又大浪淘沙的商业竞逐中，资源、认知、运气，这三者可以说是成功的构成要件，缺一不可。三者还可互相促进，资源强了，聚拢的各方力量就多了，认知就上去了，对话的流畅度就高了，资源的对接紧密度就高，好事接踵而至，运气也好了。

而我们在平台上生活中之所以纷争不断，鸡同鸭讲甚至互相攻击，则是因为对三者的拥有程度不同，比如资源强大的人喜欢指责别人认知不够，意识不到很多情况下，别人的失败其实是没有类似他的资源，而不是认知落后。极端的例子就是“何不食肉糜”。

而认知不够的人通常会把别人的成功通通归因于资源雄厚，自己的失败是因为资源薄弱。完全不顾自己的“信息茧房”给自己造成的成长障碍，总是认为自己是“巧妇难为无米之炊”，极端的例子就是指责别人站着说话不腰疼。

而运气对成功的影响程度远超过绝大部分人的想象，他之所以被轻视的主要原因就是因为成功的人通常特别喜欢强调自己的努力和天赋。

当然，资源、认知、成功这三者的组合是奇妙的，有资源没认知的人会说自己的运气差，有认知没资源的人同样如此，有资源有认知的人，就真的是运气差了。其他的组合大家可以试着想一想，很好玩的。

高考作文到底能考出什么

去年高考结束时，我选了几道高考作文，在三四十分钟内仿写了几篇，每写一篇我都能急出一身汗，因为时间真的很紧张，结论是想得高分很难，想得到阅卷老师认可的高分更难。

未经世事的高中生写限时文章之难，难在没有很多亲身的阅历作积淀，一下笔就漏了气露了怯，要么肤浅苍白，少了有说服力的实践例证，要么强拉硬扯，没有逻辑清晰的事实辩证链条。有天赋的孩子看到头脑中的纯和真，就已经很难得了，加上一些天生的语言灵气，基本上就可以得高分了。而流传出来的满分作

文，乍看之下挺让人惊奇，其实仔细琢磨，却是因为套路满满，号准了阅卷老师偏爱的答卷模式，不需要真正思考的深刻，只需要引用小众名言，看似深刻；也不需要你的答卷，真的能解决问题，只需要你表露出超出年龄的成熟，用生僻词汇代替平常说法，用概念去模糊代替深究论证，基本上你要想不得到阅卷老师的青睐都不可能了，很有点八股的味道。

但高考作文对成年人之难，却又和高考少年不一样。成年人是观念与偏见的组合，偏见让成年人不再具有语言的纯和灵，观念让成年人充满了世俗的判断和功利，没有诗意的心中写不出真正的诗句，写满名利的眼睛看到的全是口号和虚伪，很难感动自己的他写不出真性情的句子。即便他说不出来花团锦簇的话，他的心已经被磨砺得千疮百孔了，他明白文化的融合都是带着血腥杀伐的。爱情是由于有了背叛和原谅，才愈加被歌颂为坚贞。心中向往老子的无欲无事无术，却知道孔子才是正确的选择。不是天地不仁，以万物为刍狗，我是天帝应以人治才能兴旺，人就是秩序，就是等级就是安身立命，认自己的命，认自己的存在。

这样厚厚老茧的心，怎么可能写出通灵之文？

动人以言，其感实浅。从文章看一个人，其实是很浅薄的一件事。禅宗的公案很多人都喜欢，但那其实正是他的缺点，太过于讲究机锋与洞见，真的世事达观的人是不喜欢的，因为那大多都经不住岁月的考验。

古人的山川和肚皮

古人以科举入世，八股文盛于明清，雏形却肇始于唐骈的华丽。古时的文人，下笔的文字即便是闲来赛诗，装得久了，也会出现审美与审字的双重疲劳，于是就常常会寄情于山水，幻想自己驾云骑鹤，化仙归去，和这俗世凡尘再无瓜葛。然而神仙之说终归是烟云渺茫，这种诗词歌赋，“文青”调调整得多了，最后还是提不起多少精气神，故庭院斗室落笔之间，最常见的只有两样——酒和剑。酒是龙泉，浇心中块垒；剑是太阿，斩眼中不平。两者是古人的标配，即便贩夫走卒，穷文富武，没有闲钱置办铁枪银剑等装备，也要打上二两薄酒，炒个猪大肠，喝他个五迷三道。

如今刀枪管制，剑是没得玩了，酒却是可以探身从案头前伸手就取，饮得入魂了，才知道酒即是剑，剑即是酒，一肚山川满腔月，都在胸中化作龙。

但有时候也替古人遗憾，他们的文字，除了鸳鸯蝴蝶，大多还是那些有家有国有日月，有名有声有牢骚。也许他们留下文字时，不想显得很自我、很自恋、很欢乐，老是端着放不下，那样怕被后人骂他轻浮。其实，后人才不会这么苦大仇深，忍不住就想告诉他们，一肚子山川社稷，一肚子白云岁月，一肚子离骚生民，一肚子铁马冰河，都不如一肚子灶头，一肚子儿女，一肚子瓜果，一肚子烟火。

傲慢与偏见

先来讲一个故事。

阿加门农带领希腊联军夺得特洛伊战争的胜利后回到了家乡，当天就被他的妻子伙同情人一起谋杀了。他逃跑的儿子俄瑞斯特斯成年后，为了给父亲报仇，杀死了自己的母亲和母亲的情人。

复仇三女神认为弑母大罪实在是罪不可赦，对俄瑞斯特斯穷追不舍，但太阳神阿波罗却认为为父报仇既正义又虔诚，决心要维护他。最后双方都同意由智慧和战争女神雅典娜来作出裁决。雅典娜先是召集人间的法官进行投票，结果法官的投票双方各占一半，只剩下雅典娜的关键一票。复仇三女神认为，杀母重罪到哪里也是铁案。但出乎他们的意料，雅典娜投给了俄瑞斯特斯，理由是雅典娜本人最不能容忍的就是女人为了取悦情人而谋杀丈夫。

虽然这个故事有了结果，却也揭开了一个哲学史上曾经的难题。就是同一件事情往往因为人的立场不同，导致每个人各说各的道理，这个世界上是否真的存在着普遍的是非？有绝对的对和绝对的错吗？判断是非的标准又是什么？

既然是为天下之民而反秦之暴政，为何汉之将士，非要致楚国之民于死地？楚国将士又为何非要致汉之百姓于战乱水火？楚汉相争，孰对孰错？

现在你能告诉我，什么叫立场，什么叫对错吗？

如果你回答不了，我给你一个答案。

以是非做旗杆争取舆论，以立场谋利益纵然捭阖，这是历史给我们的答案。

傲慢是因为信息的质量不行，偏见是因为信息的数量不够，而被洗得愚蠢，是因为信息的维度太低。你就说我说得对吧？

优越感来自哪里

人的优越感到底来自哪里？只要一个人占有或使用的物质或存在，是他人没有资格或没有能力占有或使用的，这个人就不可避免地会产生优越感。同样的道理，同一片地方的人，会因为这片地方有丰饶的物产、独特的语言，甚至领先别处一步的实力和风气，就可能产生共同的优越感。比如，一个原本只有两平方公里的小渔村，180 多年前开埠后，历经风雨沧桑变幻，引领潮流，处处争先，成了国际化的一流大都市，任谁在那里生活着，心中洋洋自得产生一些优越感，自然是难免，这无可厚非。

但优越感的这种东西，怪就怪在它不仅仅是一种傲娇的心理，偏偏还很有一部分人把它当成了血统一般的存在，以为能够随着血液和基因一样代代传承，世世无穷地享用不尽。明明他们自己在这座城市里并不是什么塔尖的一部分，却放不下自己残留的那一点点口音荣耀，常常要用本地做派加冕自己可怜的自尊，时时靠快冲的咖啡掩盖自己可笑的小家子气。

王子公主以后呢

“王子和公主从此过上了幸福的生活。”大家都知道这是可笑的童话结尾，因为谁都明白王子和公主以后还会争吵，冷战、出轨，还可能为了争夺财产互泼狗血。

不错，婚姻是充满责任与义务的契约。但它其实是男女双方婚前自由的另一种表现形式。结婚前，自由就是都保留另外选择的权利，一旦作出了选择，结果固定，自由就换了个名字叫责任。虽然你还是你，他还是他，但婚姻赋予了对方一种错觉，他非要用自己的意识来看待你，要求你，甚至改变你。萨特说，一个人总是活在美杜莎的眼里，美杜莎瞧谁一眼，谁就石化了。其实，你也一样长了一双美杜莎的眼睛，把自己的配偶固定化，双方的自由都因为变成了责任而受到了限制，连你的人体废气是什么味道都要受到对方苛刻的评价，不急才怪。

但逃出婚姻你就爽了吗？一个人和他人的关系就是注视和被注视。比如，你的梦中情人在街头和你偶然相逢，相对而行，这时他美丽的容颜在你的目光中突显，周围的背景一片虚化，你的世界春风吹，战鼓擂。可擦肩而过的时候，她用鄙夷不屑的目光斜视你，还飘了一句“赖天鹅想吃蛤蟆肉”。刹那间，你春天般的世界就改头换面，一个人气恼得雪花飘飘，北风萧萧，换了人间。

一个人永远无法虚化他人的目光、摆脱他人或社会的注视，注定会受自由之苦。萨特也是这么想的，所以说他决定选择虚无。

可是你千万不要以为我是在讨论爱情和婚姻，不是的，我其实讲的是人和世界的关系。

一个人活在世上，堂堂正正，生而自由，但附加之物却无所不在，出身、观念、阶层、教育、社会、际遇，既是你的武器，也是你的枷锁。武器让人群撕裂，枷锁将人群分类，你怎么看待这个世界取决于你有一双怎么获得信息的眼睛、一个怎么思考的大脑。这个世界怎么对待你，取决于你索取了什么，付出了什么。

活得久了，你就知道，七尺之身不如一尺之面，一尺之面不如一寸之眼，一寸之眼不如一丝灵感，一丝灵感不如一点善念。

世界虽然纷乱，但面对鸿沟，善良一些，是你可以选择的自由。

孩子，很高兴你不结婚

最近我发现不少的父母，明确地表示可以接受自己的孩子不结婚，尽管他们的具体理由听起来五花八门，但本质上其实就两条：一是我的婚姻挺完蛋，人生本来就苦短；二是人生体验千千万，生孩养孩为哪般？

的确，无论东方西方，都觉得真正的生存并不快乐，我们自己常说人生之不如意十之八九。曹孟德也有言："对酒当歌，人生几何？譬如朝露，去日苦多！"西方人总是以他们自己的信仰为荣，纠缠在神的意志中洋洋自得，却不料尼采一句"上帝死了"，给了宗教致命一击，夺走了宗教抚慰芸芸众生苦难心灵的重要功能，可没有了神的护佑，面对生存的恐怖和痛苦，渺小的个体又该走向何处呢？

都说婚姻是财产制度，其实只看到了一半，找个同心同德的伙伴去抵御未知的恐惧可能是现代婚姻更重要的功能。当然了，这就衍生出了现代婚姻是否存在的两个重要问题：一是这个伙伴不同心不同德怎么办？离婚率节节攀升已经说明了现代人的态度；二是找不到合适的伙伴怎么办？孤独和依赖，这个人人都要面对的宏大生存命题。如果你能强大到像尼采一样，交上一份《查拉图斯特拉如是说》的答卷，一个人真的就不需要婚姻了。生已无所哀，死又何所苦？说到底，结不结婚，看你能不能自己一个人仍然过得很快乐。孩子结不结婚？在你能不能放下一个执念——就是非要让他从别人的依赖中获得快乐。

可是依然有人不向命运服输，于是就有了代表的提案，让未婚的女性每个人都拥有合法生育的权利。法律毕竟是世俗的学问，需要向现实妥协，其实这个提

案更内涵更彻底的呼声是质问：谁说没有孩子的人生就是不完整的？

人的可笑之处，就在于经常用功能判断一个个体的完美与否，忽略了个体的独特之美。

生活不容易，常有人为了争取一点点可笑的福利，跑到主任的办公室里，撒泼耍赖软磨硬泡，很有点让人看不上。如今经了些世事，终于明白，那是一种生存的哲学。假如生活欺骗了你，不妨就地打几个滚，就此消解了生活对你的辜负，卸下了一身的负担，难道不也是一种活法吗？

人生剧本的 BUG

导师、伙伴（伴侣）、挫折、成长（觉悟）、决战，你能猜到我为什么把这 5 个词放到一起吗？这是好莱坞主流大片必不可少的 5 个核心关键词。比如，黑客帝国中，路人尼奥先结识伙伴墨菲斯和伴侣崔妮蒂，经历最初的失败后，在先哲老太太也就是导师的点拨下开始救世之旅，一步一步地成长，最终在觉悟后彻底终结了大反派 MR. Smith。《肖申克的救赎》中，主角 Andy Duffel 身陷囹圄，这是他的挫折，在监狱中遇到了重要的伙伴黑人万金油瑞德，在瑞德的陪伴下，熬过了 19 年。但经历了 19 年牢狱之灾的他，救赎了自己的心底之恶，成了自身的导师，最后为了自由，成功越狱，并在精神上摧毁了真正恶的代表——肖申克监狱。

即便拿这个套路用在国产电影上，你也会发现，他们的路数令人惊奇地一致。你可以试着做一做推演，会出乎意料地收获很多乐趣。

其实，这是因为，真实的人生就是如此，只不过因为他的细节太过繁杂琐碎，随处可见偶然和随机。让我们宁可相信自己的人生有着不可预知的神秘，宁愿对自己的人生充满不可确定的期盼，也不愿将它简单地聚焦在如此无聊干瘪的5个词上。

但这不是“人生如戏，全靠演技”那么简单。演技是一种模仿和遮掩，是一种对外界的讨好，更暗藏了一种对自己不负责任的偷懒。真想过好一辈子，你需要在每一个点上、每一段路上、每一个画面里，都做好自己的导演主演和观众；在理性和感性、在出戏和入戏中来回穿梭，祈祷命运这个编剧，给自己一个主角光环，一出师就走上人生巅峰，即便深陷谷底，也能分配给自己一个神通广大的导师。还能邂逅一个生逢其时的人生伴侣，结识一个忠诚可靠的旅途伙伴。如果伴侣和伙伴这两者能集于一身就更完美了，这样就成了别人眼中的神仙眷侣。

可惜的是，一流的剧本只有极少数人才能得到；少数人会得到好的导师和好的伙伴；绝大多数人只能努力去做自己的主演和观众，配上二、三流的伴侣和不入流的伙伴，而导师是缺位的。

命运的冷漠与残酷在于，即便你拼了命，努力做到了一个好的主演，可你的搭档们不够给力，一个神主力、一堆猪队友会把一出好戏唱得稀巴烂。

你喊你控诉，你在深夜里捂着被子痛哭，无人倾诉。

可是你不必绝望，因为只要是剧本，他就有bug。

别人演不好，你可以做自己的伴侣，在无人处抚慰自己的心痛，做自己的伙伴，在谷底救治自己的伤口。背叛、委屈，无人倾听，就在黑暗中抽取自己的肋骨，捏骨成人相伴；误会、欺诈，孤立无援，也不妨滴血化泥，塑人相聚欢谈。男人的一半是女人，女人的一半是男人，真正的人生勇士，都是雌雄同体的。

你的伤疤，就是你的剧本最精彩之处，它给了你逆袭的机会，这就是这个剧本的最大bug。

富裕而焦虑

1835年，也就是接近200年前，年仅30岁的托克维尔来到了富裕的新兴国家美国，很快他发现，富足的美国人普遍患上一种疾病，不久他的代表作《论美国的民主》发表了，其中有一章“为什么富足的美国人常常如此焦躁不安？”专门讨论了他独有的发现：物质富足，心灵焦虑，伴随着身份的平等，一起都到来了。

是不是一种熟悉的味道扑面而来？

这是把某乎上大好青年经常问的“工作带给我的全是焦虑和压力，到底它的本质是什么？”和“为什么有这么多人在怀念贫穷的过去？”合二为一了，原来这种心灵之问，早在大约200年前就有人关注了。

工作的本质是为了生存而出卖自己的时间，获得的报酬多少、快乐与否和自己的经历、学历、运气出身，以及个性特征都密切相关。但有一个最隐秘的特征，被大家忽略了，那就是工作付出的时间和所获得的报酬，从古至今几乎都是不对等的，是一项具较高成本较低收益的经济活动。

无论是200多年前贵族统治的瓦解，人类平等时代的初次到来，还是如今数字资本时代的来临，让24小时在线模式成为常态，工作时间一直都在资本重新分配和构建，人类的心灵关注点和聚焦点也被转移重构。

尤其在今天的数字资本时代，一个人几乎很难逃脱，24小时都处于工作状态的网络阴云，成本收益比更加低了，内心的平静空间被挤压得几乎无法去追寻。

用《21世纪资本论》作者托马斯的话说，财富分配的不平等和财富的集中度会愈加激烈，只要R大于G，这个财富分配不均衡就不会改变，R表示从财富中获取利润时的收益率，G 表示社会平均收入增长率。

如今改变R大于G这个公式的可能性,更小了。每个人都成了工具化的螺丝钉，这导致绝大多数人对未来的宏伟或巨大，无法认识也没有兴趣认识，因为那需要无穷无上的能力，再杰出的人也只能打开一个小孔，偷看到未来一点点风景。

在这种背景下，每个人只能看到眼下的自己，心灵被束缚在身体的生存之中，局限于现在和自己同阶层同水平同群体的同类中，为自己相比较别人的一点点优越而洋洋得意，又会因最亲近的朋友获得世俗的成功而被刺激得寝食难安。

这是一个无解的难题。帕斯卡尔说，肉体如此精妙，不可思议，精神变幻无常难以捉摸，不可思议。但两者混合为人，才是世间最大的不可思议的。

有很长一段时间,我对帕斯卡是抗拒的,因为他总是这样告诉我们,欢乐虚妄，苦难无穷，死亡必临，一脸哀叹却永远不给我们钥匙。现在我才知道，用人之有限，去对宇宙之无限，不是芸芸众生眼中的徒劳无功，而是世界本就如此，没有什么神或救世主能够给我们答案，连老子都说，吾不知谁之子，象帝之先。

既然我们的老祖宗早几千年就明白了这个道理，我们还焦虑什么，还有什么值得焦虑？难得糊涂，看起来是一种痛苦，其实是一种秘宝般的快乐。

好电影胜过无聊阅读

暑假又来了，买了很多书，学习资料、世界名著，可阅读毕竟比较枯燥，你狠下心买的大部头小册子有可能又要被束之高阁了。

有没有一种办法能够在很大程度上和阅读相通，有金句灵光点点，有幽默启迪心灵，开阔视野，深刻思考，调剂无聊，激发意志呢？

有，看电影，看好的电影。

理由很多很多，但我只说一条，就是电影剧本。剧本属于文字工作者的成果。商业上必须赚钱的要求，就决定了好的电影剧本几乎是文字工作者中最聪明的一帮人的智慧产品，因为它既高度要求剧本的故事精彩，逻辑严密，架构扎实，还要求台词漂亮，幽默风趣，或者力透纸背，浸透人生！某种程度上，它比小说更能考验剧本作者的功力。世界级的电影剧本，即便不是这个星球上最杰出的文字，也是上佳的一流之作。

好的东西生生不息，爱上阅读，从爱上电影开始是一条好的捷径。

还犹豫什么？去IMD、某瓣、电影排行榜，搜索一下，两三天一部，一个暑假下来，相当于读了几十本书，既安全度假，又升华内功，开始一个全新的自己。

英国的神去哪里了

1947年，印度结束了英国人在他们土地上300年的殖民统治。面对印度独立，英国传奇首相温斯顿·丘吉尔说："所有印度未来的领导人都将是低素质的稻草人。"如果你事先知道，在西方话语中"稻草人"就是没有大脑的农民、穷困潦倒的意思的话，你一定能感觉到丘吉尔这句话里浓厚的不屑和傲慢。

可是丘吉尔没有听过中国人一句话："出来混，迟早要还的。"他这死了才五十来年，他引以为傲又铸就他一生传奇的重要位子，他离开回去又再次离开还恋恋不舍的日不落大帝国的首相宝座，要由"稻草人"来坐了。

苏纳克，是个血统纯正的印度裔英国人，出任了英国首相。这个结果不但会气得丘吉尔打碎棺材板，还创造了两项纪录：一是英国史上最年轻的首相，只有

42 岁；一是英国史上首位印度裔首相。

其实，论个人才能和综合素质以及完美的履历，他一直就比特拉斯在保守党内有竞争力。之所以不久之前没能战胜特拉斯，是因为他还有一项其他常人不可比拟的属性，他是一个超级富豪，这个属性曾经让很多保守党人担心他不够接地气，无法真正体察理解普通英国老百姓目前生活的不如意。

他的履历完美地契合了所有阶层跃迁的想象，一无所有的祖父、祖母从印度漂洋过海远到非洲谋生，耗尽血汗加码下一代的教育，他们的孩子也争气地竭尽全力学习，成人后移民宗主国，干上了体面的医生工作。相比父母，他们的内卷工作做得更出色，家庭的第 3 代也就是苏纳克，从小就就读英国顶级的私立学校，然后又一路从牛津冲到斯坦福，再到高盛。励志的青年才俊又遇到了原祖国印度的大富翁的女儿，写下了一页多少人做梦都想续写的家族传奇。刚刚 40 出头的苏纳克和他妻子两个人的财富，就已经达到了 8 亿美元。

可是这也许仅仅是个风水轮流转的故事？山不转水转，水不转人转。换一个人讲故事，故事也许有着别样的风味，但饭碗就能一定香起来吗？

保守党，一直就是自大的盎－撒精英阶层的游戏大本营，现在上来一个“稻草人”当头领，谁知道这权力的游戏会不会被一番热闹的内斗玩糊了呢？

政治本身就是一场实用至上的游戏，一个出身印度、手拿美国绿卡、钱袋子又和印度岳父千丝万缕地关联着的角色模糊的暧昧首相，能把已经走进狭窄胡同的大英领到什么样的地方去呢？很多人都不看好，一个跟定美国的大不列颠，似乎已经走上了越走越窄的夹缝之地。苏纳克能推倒这些重来吗？似乎没有人具有这个能力。

何况他还坚定地信仰着印度教，信神可能有很多好处，但也会让一个人内心产生明显的 bug，那就是将未来交给不可测的神。几千年了，可神在哪里呢？

网下凶徒，网上法盲

最近新闻报道的江苏男子打小孩事件中，小孩爷爷抡起木凳却被33岁男子推倒，男子算不算正当防卫？当然不算。在这里要明确两个关键点：一个是不法侵害的因果关系；另一个是间接因果关系不能成立为法律上的因果关系。

小孩爷爷抡起木凳子的目的是什么？我想有两个：一是看到自己的孙子受到了强势力量的不法侵害，自己作为临时监护人，同时也是弱势的一方，想要排除这种不确定是否还会进行的侵害危险。因为这个壮年男子已经说了，他没忍住，且还在继续嚣张地咆哮，说明不法侵害的激情仍在进行，这时候弱势的一方除了利用工具没有更好的选择。二是事中反应激烈，抡起凳子是老人履行住宅排他性的自然反应，有赶人出门的意思，就像动物对自己领地的保护一样，何况在力量对比上，老人属于显然的弱势一方？

换句话说，在法律因果关系上，不法侵害是由该名男子引起的，恰恰不是老人，所以说关于该男子正当防卫的理由根本不能成立。此事件中如果有正当防卫存在的话，那是老人在实施正当防卫，在排除危险；壮年男子不但实施了一系列侵害行为，而且在主观意识上是有很大恶意的，是仗着自己力量的强势，有恃无恐，可以说这个男子在情绪控制和法律认知上都比较差。

第二个，间接因果关系算不算法律上的因果关系？为什么说这一点呢？因为有人会抬杠说，壮年男子的孩子受伤在先，他是为了维护自己儿子的利益才出手导致后面一系列结果发生了。举个简单的例子就明白什么叫间接因果了。武松的哥哥被潘金莲和西门庆毒死了，即便莽撞如武松，他也是先告的官，此路不通，他才动用武力，实行私刑。但杀人就是杀人，他的哥哥被毒死和他杀人之间没有法律上的直接因果关系，这是两个不同的案件，武大被毒死与武松杀人案，兄弟感情只有感情上的因果关系，这种所谓的事出有因，在法律上是构不成直接的因果的。这是在宋朝早就弄明白的事情，可偏偏 21 世纪了，有些人对此还是模糊不清，还在叫嚣正当防卫，不是法盲还是什么呢？

“美女多过三文鱼”

好莱坞有句话，叫“美女多过三文鱼”。这句话已经太没有见识了，因为当时还没有抖音。抖音上的美女，又何止如过江之鲫，那是比大米还要多。

人生在世，生老病死说的是状态，法财侣地才是生存的手段。法就是要谙熟社会的潜规则和明规则；财就是要有安身立命的工作或吃饭的钱财；侣，在人生这个名利场上，必须有一个相携而行的伴侣，才能够避免因太孤独而发疯；地，总要有一个将将巴巴的栖身之地。

但无论哪种哲学，总是说起来容易，指导起生活来尤其难。

就说侣，找对象吧。孔子老人家说，“唯小人与女子难养也”。我强烈怀疑他老人家。当年追女不顺，多次被对方拒绝。本来女人就是那个样子，你太直接了，她说流氓，你要玩个花样，她说真流氓，你要冷淡他，她又说你假正经臭流氓。这还不就是他人家所说的女人“近之则不逊，远之则怨”吗？女人本性而已，养之何难也。

但真正难养的，女人觉得是男人，认为男人一辈子都被自己的激素所控制。哲学家弗莱姆说，生命中的一切事物不过是两种态度，占有或者存在。这已经和莎士比亚的生存还是毁灭，问出了同一个问题。

自由经济真的自由吗

“网络游戏不得设置每日登录、首次充值连续充值的奖励。”今天发布的网络游戏管理办法征求意见稿，引起了股市激烈的反应。有人认为这是网络新规给股市泼了冷水。

这个事情，确实值得多说两句。

很多人嚷嚷，经济条件这么差，连玩个游戏的自由都没了，还怎么吸引资本活跃？

这个话正好戳到了点子上。这个问题的实质其实可以转化为，人生而自由，骨子里都不太喜欢监管的手伸得过长，没问题，可是，当资本的手到处乱伸时，又该怎么来解决呢？

游戏导致未成年人上瘾问题几乎是一个全球化问题，背后反映的是商业社会资本无孔不入地用满足、刺激和怂恿人的各种欲望来收割思考力注意力和脑力，而这些是21世纪远比传统劳动力更有价值的商业生产资料，这么说听起来好像有点夸张了，但你只要稍微想一想各个IT大佬严格限制自己利用电子产品的新闻，也许，你就能明白这个事情绝不像表面看起来那么微不足道。

如果把一切都交给市场，什么都是市场说了算，先不说新自由市场派自己总结的市场失灵与否，那市场自然选择的结果就必然是贫富分化愈演愈烈，经济危机不可避免，这两样是自由经济的内生顽疾。

解决的办法，当然就是需要政府的强力干预，比如遗产税、继承税、奢侈品消费税、高收入调节税、资本利得税，比如教育公平法、私立学校管理办法等，去调节因不同阶层产生的不公平，去平衡因出身不同产生的机会不均等。

不幸的是，这条路目前人类走得也不太好，只要允许干预，就要让度自由，结果就是行政权力越来越膨胀，如果再叠加权力和资本的互相渗透，互相结合，那对老百姓来说，可真是乱象丛生下的不得自由了。

无论以后人类文明能不能寻找出一个新的道路，能够解决这两种道路均存在的问题，那是另外一个大话题。从实用的角度出发，从理性的角度出发，我个人都是坚定认为，资本的商业行为不能以自由市场做挡箭牌，不受约束地肆意妄为，尤其在涉及未成年人成长和教育问题上，不能一味追求商业利益而置基本的社会责任于不顾。

我赞成网络游戏管理办法的出台。

强盗的老逻辑

曾经特别喜欢看好莱坞的电影，原因很简单，少年人那颗放荡不羁的心，喜欢他们电影里散发出来的那种自我标榜为人类“普世价值”的调调儿，自由、博爱、公平，这些词汇经过精心设计的剧本故事演绎之后都变得金光闪闪。那时看过一个导演的采访录，他说在好莱坞的剧本创作中有一个原则，就是儿童不能死，感动得我们一帮年轻人眼睛都红了。

听说了很多，看到了不少，渐渐地就明白，真实的世界中充斥着道貌岸然的欺骗，张贴着转身就撕的标准，今日昭示天下的契约，明天就能公然毁之而不谢不羞，一边制造词汇输出所谓文明观念，一边侵暴横行杀儿婴妇，什么儿童不死，拍戏呢！呵呵，挡我者死，是你们的儿童也得死，认真你就输了。

是的，普天下淳朴善良的百姓以前就是这么容易被戏耍，读了两本书，就中了书毒，真的把词汇当成了信仰；看了两部电影，就把规则当成了信仰，中了文

毒。非得上当了后才明白，把规则读出漏洞的是人精，把标准颠来倒去只套别人不套自己的是强盗。

强盗的逻辑有得破吗？

有。

只要我们这些善良的人，对他们提高了警惕，他们还会什么？

低欲望的年轻人

不婚不育不买房是怎么成为许多年轻人的人生答案新选项的？因为他们不想再像父母那样活得憋屈、活得无力。

但这种新选项的尽头也不乐观，大概率会是日本的低欲望社会、韩国的高压力社会一般，社会形态出现意外惊喜的可能性不大。

走成今天这个样，没有几个人是无辜的。

难道他们不想享受恋爱，有情人终成眷属吗？

难道他们不想一母生九子，九子各不同，少有绕膝之乐，中有育儿之喜，老有所依之安？

难道他们不想拥有一方小天地，遮风挡雨，私权无碍，进出无忧？

他们也非常想，但他们的父母就没这样活过。有钱人才能成家属，没钱就只能含泪啃红薯。他们自己怎么被养大的，一路上看得清清楚楚。表哥表姐很争气，用光了 6 个荷包才挤进了大城市。他们只是不想再像父母那样活了。

但这部分年轻人抗争也许是无力的，他们的尽头是不是像日本一样的低欲望社会？

不知道。

没人明白才是生活

孩子的性格源自父亲，心智遗传自母亲——这句流传了200多年前的谣言，至今仍在当金科玉律般地流传。他是一个生于1788年的哲学家说的，而他其实并没有多少现代遗传学知识。

为什么很多人毫无根据地信赖哲学家的语言呢？因为哲学家用“爱智慧”来标榜自己，而智慧似乎是没有限制的。“哲学家在未来等待着人类”——拥有了它，似乎可以用它交换来美好的未来；“科学的尽头是哲学”——懂了哲学，就开了智慧之窍，就不必再关心黏性、不可压缩流体、动量守恒的运动方程……因为那都是细枝末节。

我并不是在轻视哲学，相反，我是在思考“我来到这个世上到底是干什么的”这种终极追问时，在心中默默地告诉自己，“别难过，几千年过去了，有谁回答明白了呢？”

不错，他们自己就在整天地打架。

康德说，命运是无法用理性来抗拒，也无法回答清楚的。穆勒却对此不屑一顾，他认为幸福是理性的终结者，命运不用抗拒，你只要朝着幸福出发就行了。笛卡尔说，我怀疑，故我思，我思，故我在，不思考，你就是一条咸鱼。但加缪可不同意，他说你思考了，你也是一条咸鱼，我在我荒谬，我荒谬世界才魔幻。他认为虽然人类决心要在所生存的世界里发现目的和秩序，可是这个世界却拒绝提供，所以我们要以荒诞对荒诞。他的至交好友萨特又站出来了，这个世界虽然荒诞，咱们应该积极行动起来，掌握命运才对。

哲学的任务就是批判，现在看来确确实实是批判，就是互相不服，互相批判。

人类对世界尤其是非实证世界的思考，没有标准答案。他不是1+1=2，也不是，$E=MC^2$。

我将来能告诉我孩子的是，也许人类的前途是悲观的，但个人要对自己的人生乐观，学会让自己快乐才是你最应该思考的东西。怎么乐观？就是活在当下，过好今天。约200年前，有个著名的海王公子说，转瞬即逝的光才是我最忠实的朋友，我的王国就是今天。他的名字如雷贯耳：唐璜。

为什么懂了这么多还过不好这一生

经常会有人发问：为什么有的人懂得了这么多道理，还是过不好这一生？

何止是你，比你懂得更多的人，泰勒斯，这个被认为是西方第一位哲学家、第一个科学家的人，也曾经因为他的哲学科学一无用处，被家乡的人上上下下轻视嘲笑，直到他利用自己的天文学知识预测明年油橄榄大丰收，从而提前准备独家经营，一举暴富后才摆脱了“废物点心”的帽子。

我的答案已经昭然：如果道不通术，术不生器，就如同口吐莲花、舌灿遍野、却衣不蔽体、食不果腹，你的道理说辞就很难具有实际的说服力。

泰勒斯说：“水是万物之源。”这句话和老子的“上善若水”有着异曲同工之妙。很多人都把这四个字奉为无上的做人圭臬，与人相处也像水一样去适应别人，像水一样从高就低。可是带着这个高大上道理，回到家里之后呢？照样和妻子孩子发生强烈的冲突、激烈的争吵，早就把要像水一样宽广无形当唾沫星子喷出去了。

说到底，是因为从来没有真正应用过你明白的道理，更没有在应用中将它凝练为实用的生活技巧。

这不能怪你，我们自古就有重视道理、轻视技术的传统。

首先，来看流毒最广的那句“有道无术术尚可求；有术无道，止于术”，讲的是道和术的关系。传统文化的认知中，科技这种术一直被自以为掌握虚无缥缈的“大道”者们所打压，因为统治者喜欢，“民无智则不知反，民无技则无所反”，强大的话语权将天下圈囿于“农业与文史文字”，这无疑是最保险，也是成本最低的统治手段。

但几千年下来，道高于术器的结果是惨痛，甚至是惨烈的。儒释道牛上了天，“易”也是亘古宇宙大道，结果是什么呢？一直到西方开大门，连个存储热水的暖水瓶都造不出来，过个夜就喝不上热水。生个孩子就要走趟鬼门关，有时还要母子携手同往，天下女子为何如此悲惨？

其次，器走向道，中间连接者是术。从悟道到产器，中间横亘着东方文化致命的缺陷——重道废术。所谓的大道至简，真正的路径应该是先察器，再知术，后精术，经由这种路径悟到的道，才是真正的大道。这个意义上说，道是术之结果，而不是术之成因，道术皆通才是真正的道，是真理。没有术的道是伪道，天桥的把式——假大空。

教育和阅读通常会把这种顺序颠倒过来，先明白了道理，再想办法去应用，理论指导实践本来也没有什么毛病，但缺点是，这就会给很多人造成一种强烈的错觉，把它用错了地方，用错了阶段。你刚刚只是明白了一个道理，就拿去教训人，让你去做你又做不好。又比如，浑身上下没有一点长物，又没有一技之长，尚未通术，却整日奢求大道，企图靠着一些牙尖舌利之长去征服这个世界，岂不是荒唐？

纸上得来终觉浅，绝知此事须躬行！从明白了一个道理，到你过好这个人生，

中间还差一个实践提炼总结。再提炼再实践再总结的过程。短视频平台上这么多口口声声的大道理，但真正能回答到点子上的还真不多。

关键是气质

前一阵子抖音上流行各省美女大比拼，山东的三妮阿姨长期霸榜，仰慕者对她评论最多的就是一句话：关键是气质。

气质应该是好看不好看之外用来描述长相用得最多的一个词了。那气质到底是啥呢?

我不是来这里下定义的,下了定义你也不同意。很多学科都对气质下过定义，比如心理学行为学，但是也统一不了意见，很多人也照样不服。

心理学对气质也有分类，比如黏膜型、胆汁型，但这更多的指的是性格在个人形象上的表现，那就没有能让全中国网友都服服帖帖一统天下的定义了吗?

有的。

邻家小姐姐、蜀莉、御姐、女王范儿、霸道总裁、阳光大男孩，气场两米二，你一听，脑子里就马上能对应出来标准模型。但是这实际上只涉及了气质的表皮层，还停留在服装、发型、饰品、Cosplay 这个层级上。要想研究得深入，档次上还得上去一些。

有一句话叫，你的脸上写着你的故事。

有经历之后的气质是打扮不出来的，你已曾经沧海难为水，小镇女孩自然就不是云了；她在你面前怎么款款撩拨，你心下都难以泛起波澜。而她会觉得你特有气质，成熟稳重。反过来，你以为自己已经历经沧桑，看破红尘情事，心下静如止水，但哪一天忽然来了更大的太平洋，有钱有貌，有情有义，哪一点都甩你曾经的沧海好几条街，你脸上的气质就变了，从知性大叔变成了热血舔狗。

所以气质是什么？就是你有意无意装出来的人性，也叫人设。

女孩也是一样，初见面时，流风回雪，灿若骄阳，单纯得就像雪孩子怀里的小白兔，又白又静又高冷，但世事难测，人心难防，她稍经人事、稍历冷暖之后，对你的要求忽然高了起来，柔顺的眼睛里经常写满了不满与牢骚，令人不禁感叹，她的气质真是千变万化，既能令你上天，也能带你下地，就看你是不是金光不坏之体，是不是有坚如磐石之心，经不经得起这一番翻江倒海的折腾了。

这也是气质。

荣格对此还有更深的见解，他说，社会中每一个人的心理中，都有一个异性的形象潜藏在无意识之中。

这就像男人打耳钉，无非就是想向外界表明自己不是个糙老爷们，有自己精致的一面。可是越这样的气质，越表明这个人的内心并不精致，因为真正具备内心细致温柔的男性，必定是一个心灵强大的人，他不需要用这样的外在来表白自己。这像极了韩国某些人老爱抢注别人家的好东西当作是自己，这确实是一种异型气质。

气质看起来什么样也不能真实反映一个人的内心世界。气质永远不可能是死的，随着人的变化，气质当然就发生变化。所谓拿捏得死死的，就是个笑话。

为啥结婚

人结婚到底是为了什么？我的回答很简单，最终是为了找一个没有血缘的亲人。这个问题不是我是谁，我从哪来，我到哪里去的“三问”，而是高度商业社会下的个体保护自我尊严的明智选择。

一个人如果不结婚，一旦父母离去，这个世上再也没有人真正在乎你的死活了。朋友亲戚无法长久相伴，最多只能一次两次地客气打扰，他们个人都有自己的烟火之家，你的孤独，他们无暇热心化解，你的寂寞，他们也是无力排解。一旦你生了病，亲生孩子都床前百日无孝子，何况外人？小病孤苦伶仃、只身前往医院独来独往，大病无人回应、无人签字，任凭护工随心摆弄。

上养老院，别天真了，即便你生前收入丰厚，只要你没有一个正值壮年的亲人作为法律的权力后盾，你的钱财会和你的身体一样，在风中飘零到别人的手里去。

这些困境，结婚可以解决很多。婚姻经营得好，你就多了一个亲人，嘘寒问暖是他/她，端屎倒尿是他/她，求医问诊的也是他/她。处得不好呢，只要不离婚，总有机会互相推轮椅，如果不是丁克族，老病之困可以说是有备无患了。

唐朝一个奇女子叫李治，她就千方百计地想嫁出去，可惜她有一点没做好，就是企图把爱情和婚姻绑在一起，结果造成了终身未嫁的悲剧。

不管怎么说，她是对夫妻的关系说得最透的一个女人。

至敬至远东西，至深至浅清溪。

至高至明日月，至亲至疏夫妻。

永恒的短暂快乐

长久的快乐幸福几乎对任何人来说都是一个大难题。上至世界首富比尔·盖茨，下至芸芸众生如你我。人人有本难念的经，个个都是一时顺畅一时难。谁娶了自己的甜蜜初恋？几家有花不完的富贵钱？贫穷固然可怕，贫贱夫妻百事哀；但奢侈同样是沉重的生命包袱，骄奢淫逸生祸端，两者都和快乐与否没有因果。

快乐永远是短暂的，剩下的就是反反复复地等待，等待下一次的快乐。

你要清醒，快乐是你的奴仆，你是快乐的主人。你开放他就开放，你孤独他就孤独。当快乐来到身边，要学会充分享受它，拥有它。你的十分快乐，上帝能感受到九分，也许最亲近的人只能感受八分，朋友六七分，同事三五分，路人一两分。快乐永远不能完整完全地被别人感受，“人生得意须尽欢。”

阿Q如果把秀才娘子的宁式床搬到了土谷祠，躺在上面未必不是一种真心的快乐。上了天堂天天都能吃到馅饼，对卖火柴的小女孩来说，不也是一种极大的心理安慰吗？

快乐要量身定制。要根据自身情况发现让自己最轻松最愉悦的东西是什么。亲近它，操练它，想尽一切办法加强它。阅读让你身心愉悦，那就要一读再读，运动让你快乐，那要让它变成习惯。做饭让你充满了成就感，那就不要浅尝辄止。拿出一个月的时间，记录探索，你会发现自己身上的快乐源泉。

践行快乐要有原则。没有原则的快乐，和贪欲颓废距离不远。健康的目标、真诚的赞美（自己和别人）、良好的睡眠是我个人快乐实操最低三原则。快乐可以大胆追求，但不能违反这三个原则；快乐可以人为延长，但不要违反这三个原

则；快乐可以刻意制造，但不要违反这三个原则。

生活为什么懒得向人人都颁发富足丰裕顺遂的通行证？因为那只是一种错觉，实际上，真正能永恒的，只是短暂的快乐。

为什么都受不了名人丑闻

名人干坏事是可恶的，为什么？

小时候，我对一个经常到我家的一个叔叔印象特别好，他白净儒雅，即便对小孩子也是礼貌有加。但自从我初中时知道了他竟然婚内出轨过一个有夫之妇之后，他再到我家，我觉得他坐过的地方都是脏的。有一次，我竟然怀疑他偷了我家的东西。

名人干了坏事，从此就臭名远扬。因为这在其他人的眼中，代表着这个人不能很好地管控自己的欲望，一旦有机会，他会具有相当的破坏力，他的信用就破产了。

他们自身获得的巨大利益是用我们公众善良的目光、善意的关注去做的商业交换，敏锐的资本于此早就洞若观火，出事之前不遗余力地打造人设，以便利用这枚棋子攫取更大的利益。只是他们万万没有想到，钱能洗脑大众的想象，造神出神的同时，也就走上了一条没有退路的作茧自缚之路。

一旦出事，人设崩塌，讨伐之声洪浪滔天，完美想象遭到戏弄的欺骗，摧毁了年轻人心中虚幻的道德乌托邦，大众们自然会愤愤不平地直指他们名利双收好事占尽，现在竟然连干坏事的便宜也想占，我们心中意难平啊！

因为利益被捧上神坛的，都不是真神。坛子塌的那一刻，每个人都会捡起砖头扔砖头，没有人会在乎该不该扔。

巨婴无处不在

你休息的时候被婴儿的啼哭打扰过吗？比如说在飞机上、高铁上。相信大家都差不多经历过，我曾经一直不明白，为什么有人会在这个时候向婴儿的父母提出要求，比如赶紧让他安静下来，这是噪声污染，打扰了我的声音空间，等等。难道这种人就没有同理心吗？难道作为一个成年人，他不知道一个婴儿没法理解父母的安抚吗？难道作为一个成年人，不是用脚指头就能明白一个婴儿不是喂奶就能睡觉的吗？难道作为一个成年人，他连这么一个基本事实都不明白，那就是想让一个婴儿随时安静下来，你除非拿被子将他密封打蜡？

直到有一次我在飞机上遇见一家人，我才明白，有的人是真不明白，因为他们从来不会那样去想。

在一次三个多小时的飞机旅途中，一对父母带着一个婴儿，飞机开了没多久，婴孩就哭了起来喂奶也止不住。我前边一个人，30 岁左右，张口就喊："赶紧让他停下来！"小孩的父母就很不好意思，也没有回答他，但是那满脸的歉意看得很清楚，很卖力地在哄那个孩子，但是一个婴儿那是想哄就哄得了的吗？那个人还在大声嚷嚷烦死了，这噪声污染。婴儿的妈妈不太乐意就回了一句，在飞机上他不舒服，他听不懂我们说话，也不是说停就能停的呀！这下不得了了。那个人说，他不懂你还不懂吗？就让他这样一直扰乱大家！说来说去双方就吵上了。更没想到的是，那个人的父母在机舱的另一边，也过来加入了战团，嘴里吐出来的东西更奇葩：谁生的孩子谁管。我们生的孩子我们管好了，你生了孩子你管好了吗？

本来我还义愤填膺地很想路见不平一声吼，听到这句话一下子笑出来了，因为我忽然明白了，有什么样的父母必有什么样的孩子，老天爷从哪里凑来这一家的极品呀？都是天生极其自私自我、毫无同理心的一类。

吵了一阵子也没什么效果，那个人气得坐了下来，将他的座位后位深深地向后调整了调整，结果压得我连腿部空间都没有了。这可给我逮着机会了，我直接把他后靠一下子推了起来，用两个膝盖死死地顶着他。那个人等了一下子又站起来，说小姑娘家干什么？我说你干什么？他说我没有这个权利吗？我说你还真没有，你侵犯到了我的空间，我就要坚决地反击回去，我有反击的权利，你没有侵犯我的权利。那人一看我还有一堆同伴在一起，气呼呼地按了服务灯，把空姐又叫了过来，空姐本来就挺烦的，一看又吵起来了，就说先生，您可以调整座位，前提是不能打扰到别人。我的朋友又补了一刀，说这可不是你自己家。这个人终于老实了，说起来也奇怪，这时候小孩怎么哭也不打扰他了。

从那之后我才知道，同理心是一个奢侈品，有的人终其一生都很难拥有，因为从来就没有人给予过他。遇到这种人不用客气，更不用讲道理，直接报警是对他们最好的回答。

为什么有人会抢闺蜜的男朋友呢

早在 1992 年，社会心理学家、人类学家杜盖金和戈丁通过动物实验就给出了一个有趣并有说服力的答案，叫择偶复制现象。

这两位学者用透明板将水箱分成三部分，右边放入一雌一雄两条孔雀鱼，中间放入一条雌鱼，左边放入一条雄鱼，让中间这条雌鱼同时观察两边的活动，一段时间之后，将透明板移开，同时取走右边的那条雌鱼，让中间的雌鱼自由选择左右两边的雄鱼。按说中间的雌鱼和左边的雄鱼同时做了这么久的单身，应该迅速地走到一块吧，但结果很意外，这条雌鱼总是和那条曾经有配偶的雄鱼缠绵，而对一直单身的雄鱼置之不理。而这种择偶复制模式在其他动物身上也通过实验得到了验证。

对于这种现象，科学家给出的解释是，（1）择偶是一种具有高度社会暗性的学习模式，观察他人的配偶，照葫芦画瓢，节省时间和精力，还可以降低风险，和这个非常类似的是，在网上购物时，大家总是选择评价最高的那些爆款；（2）这同时也是一种与理性区分开来的心理暗示，属于一种自然的潜意识行为。

更好玩的是如果换作男性，在动物身上也比较明显，但在设计的类似实验上，在人类男性上效应就要弱得多，这可能和人类男性择偶的标准比较单一有关，因为人类男性的择偶标准高度相似，就是年轻漂亮。

女孩子们只要心里明白这一条就好，既不要对自己的魅力过于相信，也不要把干出这种事的女孩子踩到地里，要知道人性里面总掺杂了很多动物性，不要轻易去考验就好了。

进化的语言

“YYDS”“绝绝子”这种网络用语真的很低级吗？真的像某些媒体批评的一样，是一种文字失语病吗？是对汉语使用的退化吗？

当然不是。

都 21 世纪了，还是有那么一群人，一旦别人不像他们那样使用中国的语言和文字，他们就痛心疾首，声讨网络语言就是对于传统的背弃，好像只有他们有

对语言的生命力有独白的权利一样。

“注意你的言辞”，因为“它”会成为你的思想。其实，这句话反过来说，更代表某些人的状态，注意你们的思想，因为它会成为你们的言辞。

语言是大海，它的生生不息的生命力就是来自不断地创新，汉语作为这个世界上使用人数最多的语言，不应该被某一群人自以为是地垄断。汉语具有超强的包容力量和宽容力量，相信不远的将来，还会成为强势的语言之一。

男女之间有没有纯友谊

男女之间有没有纯友谊呢?

有的。美国一个心理学杂志一项长达5年的研究项目告诉大家，男女之间存在着纯正的友谊。

有下面几个要点，对我们建立异性间的友谊很有帮助。

一、脆弱的男女间友谊往往是因为有一方想得到的更多，如果不想进一步向前发展的另一方发现了这一点，友谊就很难继续下去；

二、脆弱的男女友谊，实际上是一种异性友谊交往的心理黏稠区。这个黏稠区会让双方的任意一方或者是两方都感到不舒服、不自然，如果不能超越这个区域，可以说男女之间不存在着纯友谊。

三、超越这个黏稠区，需要双方开诚布公交流，双方都能认同只做朋友时的轻松愉快和互相帮助。双方要充分信任。

爱情是什么

爱情到底是什么？这个中外千古谜题。

有没有一个科学的回答呢？还真有人给出了令人信服的答案。加拿大社会学家约翰·李研究了1500种爱情行为模式。他将这些模式验证到120位受访者，得出了自己的爱情三原色理论。

在他的理论中，虽然1000个人眼中有1000种爱情，但不管什么样人的爱情观，都是由三种最基础的爱情观调配组合而成的。

这三种基础爱情观是：

一、情欲之爱。这种爱情的典型特征是情绪化。一见钟情是对这种模式最直接的理解。你喜欢这个人绝大部分是因为这个人的外貌对你产生了吸引力，如果你对你的伴侣是第一眼就爱上了，不管你再怎么辩解你内心有多么纯洁，实质上都属于情欲之爱。

二、游戏之爱。这种爱情观典型特征是逢场作戏。具有这种爱情观的人并不是说不相信爱情，而是不喜欢把爱情搞得很沉重。他追求爱情中的心跳，追求两个人在一起的快乐程度，一旦他觉得这段关系给他带来的是满满的压力和痛苦，他很快就会选择离开。

三、友谊之爱。这种爱情通常都是通过了岁月的沉淀才获得到，要么就是少年夫妻老来伴，磨合出了理解依赖良好的爱情；要么就是多年的好友，一直朦朦胧胧，蓦然回首，原来就是他/她。

这是爱情的三原色。在此基础上，两两混合用，衍生出三种新的风格。

一、激情之爱。它是由情欲之爱和游戏之爱混合而产生的。典型特征是占有欲强，嫉妒心强，依赖感强。如果你的伴侣非常黏人，他/她就属于这种类型。

二、奉献之爱。它是由情欲之爱和友谊之爱混合产生。典型特征是美好开始，相伴终身。就是这种人一般对自己的伴侣是一见钟情，而且一旦动情了，就不相信分手和离婚会发生在自己身上，会愿意为对方忠诚到死。咱们中国传统的爱情小说，大多数歌颂和描写的就是这种爱情。

三、现实之爱。它是由游戏之爱和友谊之爱混合产生。现实之爱非常普遍，很多父母指责自己的孩子一点都不现实，爱得太幼稚，掺杂了好多现实的考量的爱情，基本上就是持有现实爱情观的人。拥有这种爱人可能你不会多心动，感受不到多少惊喜，不得不说这种人是过日子的人。

怎样判断对方是哪种类型的人呢？拿出一张纸来把这6种类型清清楚楚地列在上面，仔细地回想你和他/她相处的细节，越多越好，当你实在想不出更多细节的时候，看一看他/她在哪一个细节上落点最多，他/她就是哪种类型。

众生该怎么平等

香港理工大学一名博士因为撒盐杀死了三只蜗牛，被警方逮捕了。消息一出来大家都被弄蒙了，纷纷吐槽以后连蟑螂、老鼠都不敢灭了，法律保护动物，大家都明白，但杀死非洲大蜗牛这种有害的入侵物种，难道也属于虐待动物？

但根据香港现行的法例第169章《防止残酷对待动物条例》中，如此对待蜗牛还真属于触犯法律，而且还是严重的罪行，最高可被判处接近三年，并处罚款20万元。

仔细扒拉一下，该法例的产生时间是 1935 年，其制定的出发点是为了防止赛狗赛马中虐待动物，后来又把这些动物的定义，从哺乳动物扩展到了雀鸟爬虫、两栖动物鱼类。任何其他脊椎动物、无脊椎动物，无论野生家养都算。

但是，如果为了食用动物，而做出了对动物的伤害，可以作为例外。

从这些规定当中，我们可以看出两个有趣的点来，第一，这个法律产生于 80 多年前，那时候的情况比现在简单得多，对动物和生态环境的建设以及外来入侵物种的处理几乎都没有考量，已经不太适用于当下的情况了，具有明显的滞后性，这就要求执法者需要根据当下的情况进行灵活处理。比如，美国有好多州的法律产生于 200 年前，但是在 21 世纪初才废除；有的州 200 年前规定在公共场合吃饭吧唧嘴，要拘禁并罚款，但现实中警察对这种违法根本就不予理睬，没有人还把这种不合时宜的法例当回事。但在香港警察如此处理蜗牛这个事情，窃以为不属于真正的法治文明，打着尊重法律的旗帜来进行辩解，没有说服力。

第二点。这条法律本身就有立法漏洞，既然是为了食用做出的伤害就可以例外，为了吃让动物痛苦就没罪，不是为了吃而让动物痛苦就有罪，那你尊重动物的立法本意又在哪里体现呢？这着实是有点滑稽，这样的法例不改留着干吗？

我现在比较担心的是，这名博士生真的被定了残酷虐待动物罪，那要改的就真不是这些法例了。

爱情残酷定理

爱情残酷定理一：对方只是爱情的载体，不是爱情本身，爱情不会变，人会变。

爱情残酷定理二：女人吸引男人，一是相貌，二是年龄，战胜岁月焦虑的唯一办法是不相信爱情。

爱情残酷定理三：爱情主要有三种成分，我爱你，我恨你，对不起，没有后两者，只能叫童话。

爱情残酷定理四：男人吸引女人，一是安全感，二是成熟度，合成难度较高，因此假货很多。

爱情残酷定理五：男人专一又大方，前者是审美疲劳还没产生，后者是因为他虚荣，都不要当真。

爱情残酷定理六：女人动人又顺从，前者是审美疲劳还没产生，后者，要么是他太年轻没见识，要么是她太聪明，装的。

运气其实很重要

东京奥运会乒乓球混双冠军咱们输了，金牌被日本队给拿走了。有人说是人家要小把戏，有的说是日本队没有输掉的包袱压力，也有人说输了就是输了，人家就是要强一点。争得挺热闹，其实我也想说两句。

第一点，在比赛中，尤其是竞技体育中，如果双方实力差距较大，实力强大的一方胜出，这一点大家都同意。

第二点，比赛的双方实力越接近，竞争越激烈，赛制越透明，运气的重要性就越大，尤其是双方都处于世界顶级运动水平的比赛上，有时候运气会成为决定性的因素。如果你听了这两个字不舒服，那我换一个词叫偶然性，是不是你的接受程度就好多了。

实际上，运气的重要性早就有人研究过了。美国康奈尔大学罗伯特弗兰克教授，是行为经济学专家，举了一个令人无法争辩的例子：几乎所有的破纪录的田径运动都是在顺风的情况下产生的。同样一个顶级的运动员，他/她要想破掉自己的世界纪录，在逆风的情况下根本就不可能。在他采集的有数据记录田径运动近千条记录中，只有一个例外，而当时既不顺风也不逆风。

第三点，运气可以放大。虽然胜出的一方只是运气上略占优势，但它的成效却可以成倍放大，表现在运动会上就是大家都记住了金牌，很少有人注意银牌。你肯定听说过这样一句话，比赛之后，失败最大的是第二名。

在商业上运气放大的结果就是赢家通吃，尽管在激烈的竞争中获胜的一方最初只是以微弱的优势胜出，但市场给予胜者的回报却是市场份额越来越大。

第四点，明白了运气的重要性有什么作用吗？作用非常大。对于普通人来说，有利于我们正确地看待那些所谓的成功者，他们当然有实力，但是不要神话他们；对于成功者自身，能让他们时刻保持一种谦逊警醒的状态，他们自己明白，除了奋斗努力之外，实际上是有一种运气的奖励成分在里面的。如果一味地推崇他们的能力，结果可能是他们加倍瞧不起普通人。难道你喜欢一个狂妄的成功者吗？客观理性地看待他们的成功，有助于他们自己更好地了解自己，普通人更应该对自己的事业加上这么一个角度。

暴雨自救知识

除了声援郑州，我们同时还要了解暴雨后洪水自救的一些知识。

1. 要养成常看天气预报的习惯，规划好第二天的出行路线，路线中要避开桥洞涵洞。上下坡路施工工地、山地等可能出现危险隐患地点。

2. 无论乘坐何种交通工具，尽量避免在重大预警天气中携带孩子儿童出行。

3. 绝对禁止步行或驾车穿过被洪水淹没的地点或积水区，只要没过脚面的流动水都有可能带来危险，即使是最少量的静止的水也会带来极大的危险，因为你不知道电线是否掉到了水里，或者水里是不是有腐蚀性的危险化学品存在；

4. 远离水流成河的街道，暗藏在水流下的任何尖锐物都可能给你造成致命的伤害。

5. 在家中如果可能被淹没，要将电器事先转移到高处。如果已经被淹没，不要触摸任何电气设备，除非保证周遭和你自己是干燥的。

6. 扔掉任何和洪水接触过的食物，一旦患病，救治在洪水中比平常要费时费力得多。

7. 要远离被洪水包围的孤立建筑物。

8. 洪水散去后，扔掉所有不能用漂白剂清洗和清洁的物品，比如枕头床垫。要用肥皂和水或者漂白剂清洁所有的墙壁、地板和使用物体表面。

9. 如果自己的家就在积水或积水的周围，要使用驱蚊剂涂抹衣服和全身，一定要用蚊帐，睡觉时穿上长裤长袖的衬衫。

10. 洪水退去不要乱走，道路可能会发生坍塌。

耶鲁幸福课

劳丽·桑托斯幸福科学课，乍看起来平平无奇，却是耶鲁大学历史上最受欢迎的课程。耶鲁大学甚至为这门课程专门开发了一个单独的 App。

这门课程的精髓——幸福感由什么决定？

第一，50% 由基因决定。你是林黛玉型还是沈腾、贾玲型，在很大程度上决定了你的幸福感的强弱；第二，幸福感需要练习。如果你自认为你是林黛玉型，也不要沮丧，因为还有 40% 的幸福感。剩下的 10% 由外界环境如住房、车子、爱人来决定。换句话说，通过练习自己的行为，提升自己的认知思维，转换对事情的态度，同样能够大幅度提高自己的幸福感。

既然只能在思想和行为态度上做改善，那就看看我们的大脑在影响这些因素上有什么认知障碍或者说天生的毛病。大脑第一个天生的毛病是容易产生审美疲劳，天生喜新厌旧；第二个是大脑喜欢比较。

第一个问题的解决办法是重体验而不是重物质。比如，你买东西那就要买体验而不是买实物。你有 6000 块钱的预算，你是买一部手机呢，还是做一次期待已久的旅行呢？拥有一部价格昂贵的手机，它带来的新鲜感是一周左右，越往后，他带给你的兴奋程度就越小，最后消失。度假可能时间也是一周左右，但给你的影响，在你记忆中要长得多，你会在以后的时间里经常充满向往地一再地和朋友分享快乐的度假，没见谁一再地向朋友吹嘘自己的新手机能够给自己带来多大的快乐。你向朋友吹嘘自己的新手机，只会让他们感觉无聊厌烦。

第二个问题的解决办法是用自己的优点去比较别人的缺点，然后感激自己眼

下的生活。关于这一点要习惯刻意练习，不断地给自己心理暗示，尽管这很像我们中国人所说的阿Q精神，但很有效。

生存还是生活

抖音上有两类视频特别有流量，一类是外国友人惊叹于我们城市的繁华，烟火中国，锦绣华夏，很多人就喜欢看他们没见过世面的样子；一类是旅居海外的华人在北美乡村、欧洲山区里享受着岁月静好的简单。许多人纷纷留言，“人家才是生活，我们只是生存”。

生存还是生活，这是个问题。表面看起来，这是城市和农村发展的不协调，城市建设傲视全球，比得欧美国家都变成了农村；而农村新貌徒有其名，人家的农村小镇却成了钢筋水泥们最羡慕的家园。

实际上，是我们无论身体的生存还是内心的生活，都出了问题，这不是个选择题。

我们因为有着物质贫乏的过去，以至于发愤图强地矫枉过正，改用交易来支配一切，该商品化的商品化了，不该商品化的也没客气，换来的就是财富贪婪和消费主义，你争我抢的后果就是满地戾气，人际冷漠，价值扭曲。对很多人来说，活着已经成了一种充满疑问的无解题，追问人生到底有什么意义好似已经失去了意义。

古代达官贵人一旦失意，还能托情于山水，辞官归故里，诗酒话田园。那时的田园，可以看不上道上的红尘，瞧不起宦海里的白浪，花间明月，松下凉风，真的没有闲事挂心头，是的的确确的人间好时节。

可是现在，还有多少回得去的老家？那熟悉的乡间小路，你还找得到吗？是不是因为已经失去了自己的田园？

都变成光吧

淄博人现在成了齐鲁大地上发光的代表。

当然，山东深厚的人文底蕴、政通人和打造出来的城市荣誉感激发了淄博人心中向善向上的力量，这些作用不容忽视，但还有没有更值得挖掘的原因呢？

大约在2500年前，百家争鸣的时代，有一个人非常特别，他叫韩非，也是大儒荀子的学生。荀子是当时齐国都城淄博城中稷下学宫的校长，而稷下学宫就是当时百家争鸣的中心。尽管韩非要比孟子、荀子晚上一辈，名气要稍逊一筹，但在秦国，思想能够折服君王，并被君主们奉为圭臬的，却是韩非。儒家大学问家不断地被不同的君王所召见，虽然他们被礼为上宾，但是他们那一套君王们却不感兴趣，因为不能富国强兵驭民，只有韩非，用他天才的理论学说与深刻洞察人性的小故事迎合并打动了想成为天下霸主的秦国国君嬴政，嬴政因此成了秦始皇，法家也从此成为百家争鸣中最后胜出的一派。

韩非的理论核心到底是什么呢？（1）人性是恶的，必须严刑峻法；（2）治理社会要想彻底，必须权力集中。

韩非为中国人带来了2000多年的高度权力集中的皇权制度。他在《五蠹》中，向君主建议要去除社会中管理的复杂层级，扁平化整个社会，权力要高度集中在君主一人身上，官吏只能作为皇权的代表。

他的人性本恶的观点，为中国人种下了“利益第一”的实用主义文化基因。

韩非到处宣扬人性之恶，他也没能走出人性之恶的樊笼，最后他被自己的同学李斯设计陷害入狱，而他也在对人性的绝望中自杀。

如果能千里奔袭，吃一顿烧烤就能把心暖一暖，哪怕只是一顿饭的时间，你的心会不会动？于是淄博就变成了一道光。如果我们向光而生，我们都会变成光。

工作是出卖自己的时间

工作是出卖自己的时间，加班呢？出卖更多的时间。那问题来了。你想多买，我不想多卖，怎么办？我想卖，你还给不给钱？给多少？价格谁说了算？

在资本和人力的对决中，商业规则早就设下了一个巧妙的机关，全职雇佣人格化。就是，你只有签下了全职雇佣的合同，才算是一份正式的工作，你才算是有了一份尊严，才算像个人，才不会对未来感到恐慌。与之相比，兼职就不配称得上工作，只能得到较低的报酬，人力自身也不愿意将自己的时间零散出售，还不明就里地一起伙同嘲笑鄙视那些无法获得全职合同的人，称之为无业游民。全体资本就默契的，由此给所有已出售、正待售的人力们，潜意识里种下了一粒种子：虽然我签了你八小时，但是你知道，那十六小时也是我的。

本来劳动法律的出现，是想要给人类的闲暇一个体面的保障。但现实也在加它的班，提高效率，加班加点，以时间换空间。一个社会，加班常态的形成，既是资本无情追逐利益欠缺约束力的表现，也是人力无可奈何唉声叹气委曲求全的共谋。上面要报告好看，睁只眼闭只眼；资本要高度压缩的剩余价值；人力们要出人头地，活得有尊严，还车贷、房贷、教育贷。

有解吗？有，又没有。

如果仅仅把加班看成社会发展的必然，它就无解，因为发展没有止境，贪婪没有终点；要是把加班看成一种经济话语权对人权的干涉，就是社会疾病。300多年前，意大利用文艺复兴英国用工业革命，德国用哲学跃进，法国用社会革命，反超了一度领先的中华文明。我们，未必就不能用一场经济革命带领这个民族重铸资本和人力的关系。

山东人厚道吗

山东人厚道吗？大多数比较厚道，因为秩序观念深、如履薄冰的生活道德观念多，不厚道没法混，也过不了自己从小建设出来的心理关。但是也有不少人不厚道，不厚道既和成长环境有关，也和自身树立出来价值观关联，更关键的是商业社会利益的塑造，和是哪里人其实关系已经不大了。换句话说，厚道大多是山东这个大环境给的，不厚道是他自己塑造的，当人性受到利益欲望考验的时候，家乡不起作用，个人牙关咬不咬得住才是关键所在。

都说山东人重情义，其实，三分是旧时情分，要么是早就相识，要么是熟人介绍；三分是好个面子，要个身份，要个尊严，是重等级重秩序的历史遗风，既是优点也是缺点；三分是维护关系，热情的后面有互相利用，和谐的背后有所忌惮；还有一分呢，是为日后留个后路，这是几千年的文化积淀传下来的生存智慧。

新世纪赎罪券

泰山玉皇顶上许愿池的钱被两个小孩跳进了捞走了不少，有人把这拍成视频发到了网上。和视频配文指责这种不文明行为相反的是，底下的评论区几乎清一色地表示支持，纷纷表示谁捡不是捡，孩子不捡，景区的工作人员夜里就捡了："没有什么不敬神灵，这就是神灵的安排。"

景区许愿池的钱和庙里功德箱的捐款是不一样的。后者的交易对象就是寺庙的管理方，交给你钱，钱归你，请你搞好庙里的香火，合同的内容很明确，就是神灵要按照捐献的数目，降相应的功德于我；而前者是凡人和神灵直接的交易，甲方愿以微小的价格购买一点小小的好运、福气，并不要求乙方一定要按照合同要求交付于我，不交付我也不计较，整个过程没有第三方参与，所以从合同内容来看，这个钱除了神能收，其他谁来收似乎都不对头。

但现实生活中，恐怕很少有人会对景区这种硬币的所有权归属较真。因为一较真就说不清，我的钱是交给神灵的，你拿走的法理依据是什么呢？

东方文化对这类钱的在法律上的处理惊人的一致，既然你的硬币是交给神灵的，那这些硬币就不再仅仅是一种交付手段和价值尺度，而包含了文化意味在内，这就属于文物范畴了，在日本、韩国叫作文化财，对文物或文化财的保护和管理当然应该由政府来进行。

这好像说得通。但为什么老百姓并不买账呢？评论区惊人一致的留言就说明了这层意思，几乎没有人提出来这个钱应该上缴，因为大家从内心里都认为这个钱交出去的目的不是为了让人统一管理，更不是交给景区，如果初衷是那样的话，很多人就不扔了。

那为什么呢?

在欧洲，黑暗的中世纪，教会曾经发明出了一种东西叫赎罪券，你穷你苦是因为你的罪恶太多，购买了赎罪券，可以抵消自己的罪过，死后就可以进入天堂，穷苦的百姓们一生辛苦劳作，即便食不果腹，还要愚昧地拿出钱来去购买这种可笑可恶丑陋的玩意儿。

扔硬币，在文化上的心理出发点最初是和这个相似的，自古就有，确实不文明，也挺可笑，挺愚昧，挺滑稽。

但凡事都会进化，心理心态也会。

现在在景区扔硬币，为了什么呢?为了一种朴素的默契。你扔，我扔，大家扔，扔了未必就一定带来什么好福气、好运气，可它是小老百姓面对不可捉摸的命运，心有戚戚焉的默契。既然我们没有权力去和未知的神灵做像样的交易，没有巨大的财富去保障未来的好运气，那我们就都出点钱，去共同参与草拟一个交易的合同，这个合同的内容就是要为大家保留一种未知的力量，希冀这种力量能够在每一个像我这样的普通小老百姓遭遇到不公平不公正难以预料的遭遇时，对冲意外，平衡强弱，庇护我们，保佑我们。

所以这个钱谁都可以捡，因为他本来就是给大家准备的，好多人拉不下脸去做，还是道德洗脑太多了，内心的赎罪券也没少买。

谁是买家，谁是卖家

先讲一个故事啊，说是郑国有个富翁被洪水淹死了，有人打捞到了他的尸体。富翁的家人想要花钱赎回尸体，可是对方要价很高。于是富翁家人就去请教邓析怎么办？邓析说，别急，除了你们他卖给谁呀？富翁这边一放心，动作一慢，打捞的那边就急了，也去找邓析出主意。邓析说，别急，就你有，他们除了找你，找别人也没用啊。

听完这个故事，很多人会产生两个问题。

第一，邓析是何方神圣？第二你讲这个故事想说啥？

邓析是春秋时郑国的一个大夫，以诡辩著称，是百家争鸣中的一家。孟子很看不上他，说他是胡诌八扯，净整新词儿，满口歪理，他的学说是地地道道地欺负老实人。其实孟子这个评价过激了，邓析算是中国古代哲学流派里面最早在悖论方向上下功夫的人，是孟老夫子太正统了，受不了这号人。

邓析是名辨之学的先驱，是孟老夫子眼中没实际作用的大喇叭，光靠曝光这种大喇叭，确确实实没多大用啊。

那该怎么办？多想想，有解吗？

我不知道，这种天下只有一个买家、只有一个卖家的事情，好像到哪里都无解。

生而有户

没结婚生下的孩子给不给上户口？昨天代表提案，生育登记应该取消是否结婚的限制，我个人赞同这个提案。

首先，是基于对生命基本权利的尊重。不管一个人是因为什么、怎么样来到这个世界上的，既来之，则天应之；一个孩子的父母都是中国人，不能因为父母没结婚，就取消他的中国国籍，他仍然是一个中国人，没有任何理由剥夺他生而为人生而为中国人的权利。不能让父母的道德错误连坐到一个无辜的孩子身上，不能将上个世纪的道德观婚姻观产生的思想渣子扣到崭新的生命头上，否则就是变相的出身论，是对生命的不尊重。

其次，现代婚姻的本质是基本生存需求下的妥协选择和财产分享制度，并不适合所有人。爱情是相生，男欢女爱，人之常情，不需要法律的认可；而婚姻是相克，商业社会压力无处不在，趋利避害是第一选择，如果能够一个人更轻松一些，谁也不想再去分担另一个人带来的额外压力。如今的年轻人已经不想走进婚姻了，只想享受爱情，这是一种现实的需求。因此，制度的设计不应该还像以前那样，只顾及大多数人，而不置少部分人真实的需求于不顾。

再者，不能将鼓励生育的希望全部寄托在传统的婚姻中，现代人生育欲望低是因为生存的压力太大，降低生存压力来提高生育当然是根本之道，却是一项长期艰巨的任务。现实的实践反而告诉我们，生存的艰难愈演愈烈，韩国、日本、欧洲、美国等发达国家，在这方面都是失败的例子。是时候因时制宜，对单亲家庭给予合法的认可了，否则生育率会下滑得更快。在鼓励人口产出方面还是不能太保守，不能日新，犹当月异，不能月异，犹当寸进。

最后，尽管如此，这一步步子也不宜迈得太大。非婚姻子女，一般来说对父母一方原有家庭贡献较小，在继承其非婚父母原有遗产时，应该考虑只在一定比例内享有继承权，这方面日本是一个可以参考的例子，也是对原有家庭成员付出的一种保护。

连坐不是法治

看新闻说，有个人酒后找人代驾，在距离自己家小区外几百米因要长时间通话，让代驾先行离开，处理完电话选择自己驾驶回家，就这几百米内被交警截查，因酒驾留下了刑事记录，进而影响到自己儿子考公被限，自己贷款被拒，妻子晋升泡汤，你怎么想？

就在这两天，一位身为律师的全国人大代表，感慨在司法实践中遇到了很多类似案例，许多犯罪轻微社会危害性不大且已被处罚过的人，只因为有刑罚记录，不但相当多的本人失去了再次正常融入社会经济政治活动的实际资格，就连家人都被连带受累，这是对公民劳动权和发展权的不当侵蚀，因此想建议我国建立轻罪前科取消制度，破解这种不公正难题。

有很多网友表示反对，他们认为这样会使很多人故意“知恶小而为之”，因为付出的代价不大，而且影响只是暂时的，从而很大程度上破坏已有的法律秩序。并且，因小积大，大错都是小错的累加，如果小错的记录被取消，就意味着犯错的成本很低，离大错也就不远了；再者，也会在实践中给很多人留下钻“重罪改轻”的空子。

你怎么看?

我个人是赞成这个提案的。理由有三。

一、现有的公民违法犯罪记录虽然出发点是为了更好地维护并塑造良好的社会安全环境，但在实践中已经被严重扩大化解释使用，甚至有被滥用之嫌。一个人有了刑事记录，如果他只是一个普通的打工族，几乎意味着他很难通过正常的渠道得到工作机会，使得这类人群经常不得不从事低收入、边缘性的工作，不要说有刑事记录了，就是普通的行政民事记录，都会给当事人正常活动造成意想不到的障碍。比如，爸爸有位朋友，因为相关纠纷起诉了某个机关部门，结果在银行贷款就被拒绝，理由是和别人有司法纠纷。而爸爸在办理贷款时，银行工作人员也一再向他强调，千万不要有诉讼到法院的经济纠纷，即便是他起诉别人也不行，否则过不了她们的审核系统。

二、轻罪前科取消制度，重点在于轻罪的定义和审批的监督程序，这需要在立法中慎重地考虑。比如有的案例，社会危害性极小，也不属于故意，再犯的可能性微乎其微，而承担的后果又太过严重，应该考虑一定时间后取消该记录。

在有些国家，比如加拿大，有赦免制度，美国有犯罪记录清除制度，出发点都是为了给已经受过处罚的轻微犯罪行为真正再次融入社会的机会，当然争议也比较大，所以，他们的申请和审批程序都非常严苛，这是可以参考的地方。

长安三万里

看了长安三万里，谈谈几点我们生活的这个几千年不变的人间。

1. 人间苦乐苦为多。大唐盛世，冠绝一时。其实古今没什么两样，不过是帝

王将相的粉饰堂，仕贵商贾的名利场，生民小农的温饱地，门阀林立，衣冠世袭，阶梯森严很自然，阶层固化是常态。李白是商人之子，出身不行，但有才华。他是个语言艺术的天才。但诗词歌赋再好有什么用呢？能强军还是能富国？能生在大唐是他的幸运，从上到下歌舞为娱，诗唱为乐，幸亏皇上和公主都是文艺青年，才让他有了出头之日，否则他永远打不破一层层坚如铁壁的金字塔壁垒。桀骜不驯的李白，为了出人头地，不惜忍辱负重入赘许家，哪里还有什么三万里长安，一斗米一升粟他都伤不起。

2. 道与术，参不透的迷。长安是理想，诗是理想。长安是李白心中的白月光，李白却是长安城一个小小的笑话。学成文武艺，货与帝王家。帝王喜欢诗，你心中的万里锦绣就成了千尺芬芳。大王喜欢舞枪弄棒，一杆如龙似虎的长枪便成了登堂入室的权杖。上面钟情科技，痴如呆汉的物理脑壳从此就能改变人生，大放异彩。前提是你真的是那种要道通道要术有术的人才。李白的诗才无与伦比，但他沉溺虚名，谑浪笑傲，对于政务军务的学习流于表面，终归不是权力眼中的可用之材。

3. 诗是中国人的精神内核。长安三万里，近三个小时，其中的高光华彩部分，是短短几分钟的《将进酒》片段，正如导演自己所说，这几分钟耗尽了团队所有的心血，可以说完美复现了李白这千古第一诗才的瑰丽磅礴的天才想象，禁不住让人泪如雨下。

就用拙诗一首结束这个观后感吧：

长安三万里，大鹏扶摇起。人怜独飞雁，我自行寰宇。

说提醒

先讲两个近日发生的真事。一个是女作家带着孩子上高铁。进高铁时，乘务员在门口提醒她了一次，管好自己的孩子。列车行驶中，她的孩子安安静静地在座位上画画，乘务员又过来提醒她管好自己的孩子。女作家忍不住了，于是在12306上提出了投诉。此事在网络上也引起了很大的争论。

另一个发生在我朋友身上。7月初的时候，朋友妈妈给朋友弟弟报了连续十四天也就是十四节课的游泳班，我和朋友游泳，顺带暑假里监督弟弟上课。第三天的时候，我到前台让工作人员用工具给孩子的袖漂充气。工作人员是名年轻女士，可能当时有点累，说孩子天天来，用不着每天都放气然后再来充气。我说我没有放过气，是你们赠的袖漂漏气，因此需要天天充气。她只好有些不情愿地把这活干了。这时，另一个年轻姑娘，凑过来说，老戴着袖漂学不好的，谁谁谁那个孩子，人家才上了七节课就摘了袖漂了。我刚想回怼说，你是在教育我吗？我们这才上了三节课好不好？最终我什么都没说走开了。

两件事中，都是一方在感觉自己是在提供周到细致的服务，或者无差别交流，而另一方却感觉被冒犯了。中间哪地方出问题了？在于这都属于提醒式服务，要慎用。

因为服务中的提醒是要分内容趋向、分使用场合、分使用对象的。比如，你可以用喇叭一遍遍地在火车上喊保管好自己的贵重物品，但你不能事先预设假定带孩子的旅客都会纵容孩子跑跳闹。

必须知道的低温症

什么是低温症？也就体温过低，是人体的核心温度低于35度时出现的一系列症状。根据温度的不同，症状也不同。

轻度体温过低，一般指的是在32度到35度，这时人体会有颤抖，控制不住地颤抖，有轻微的精神错乱。

中度的体温过低，体温已经到达了32度到28度之间，这时颤抖会停止，精神错乱程度严重，无法进行正常的判断，无法完成复杂动作，身体关节僵直，肌肉僵硬，无法移动。

严重的体温降低，核心体温已经在28度以下，人体进入类似于冬眠的状态，处于极度的危险之中，这时还可能会发生自相矛盾的脱衣现象。

产生低温的原因很简单，就是人体热量产生减少，外界热量损失增加，以及病症导致人体进行自身热量调节受到损害。这是专业的说法，说得简单明白些，有几大可能性：第一，当然是外部寒冷，但是这还不足够，潮湿多风，才是最致命的，这种情况下热量的损失速度要比单纯的寒冷快得多，通常情况下10度左右加上潮湿的环境，一小时内就可以导致死亡；0度左右，15分钟内就可能导致死亡。第二，水浸泡。这和外部环境寒冷潮湿类似，但热量损失更快。但有一个更值得注意的地方是冷水会快速地导致四肢丧失活动，接近50%死亡的人，不是因为低温，而是因为溺水，因为他无法抓握救生圈或者游泳。第三，酒精中毒。酒精中毒会导致血管扩张和大脑的温度控制系统紊乱。前者导致热量流失，后者会使身体丧失产生热量的能力。第四，研究发现一些败血症或严重的厌食症患者，也有因低温症致死的危险。

预防及应急措施：户外运动时，不能用纯棉的衣服作为内衣内裤，因为环境更潮湿时，纯棉的干燥绝缘效果最差。遮盖住头部非常有效，创造温暖的外部环境，轻度湿温可以喝热水吃糖，中度湿温者。应该使用加热毯加热静脉输液。严重的失温患者，在心脏停止跳动的时候，应进行长达几个小时的心肺复苏，一个典型的案例是，瑞典一个小姑娘溺水，在心脏停止跳动、体温只有 13 度的情况下，经过 5 个小时的心肺复苏，成功地被挽救回了生命。

欢迎多接点地气

完整地看完了某地人社局副处长体验外卖小哥和网约车司机工作的视频。

全片印象最深的地方有三个点。

第一，是师父不断地催促处长，快点，再快点。

第二，在下楼梯的时候，处长问他，刚才那么滑，如果摔折了尾脊骨怎么办？他的师父根本就无法面对这种事情，他连想都不敢想。就是说这么高强度的工作竟然没有来自平台像样的保障。

第三，在和平台企业约谈的时候，平台代表认为，平台和小哥不是雇佣劳动关系，因此无法提供直接的安全保障。

咱们来重点谈谈第三点。

在以前的认知框架中，生产的要素就是劳动者、生产资料、生产工具，为了解决产品的生产地和消费者的购买地的距离问题，又会产生专门的运输服务。面包厂和运输商家签订运输合同，运输的司机或工人，如果出现工伤和面包厂无关。

产品出现问题，消费者也只需要向面包的出售者索赔就可以了。

但是在移动互联网出现后，外卖小哥这种新的职业出现了。外卖平台表面看起来既不生产商品，也不提供生产工具，它只是一个整合商家、外卖小哥以及消费者数据资源的管理平台，除了提供数据以及信息，并没有本质的不同。

但事实恐怕并非如此，问题的核心在于外卖平台真的什么都不生产吗？

其实在《中共中央、国务院关于构建更加完善的要素市场化配置体制机制的意见》中，就已经谈到了数据属于生产要素之一，换句话说，数据属于生产资料。

既然数据是生产资料，那生产工具是什么呢？消费者将数据提交到平台上，由平台来进行管理分发，将需求提供给商家，将地址提供给外卖小哥，同时实现货币的支付，决定利润分成分配。毫无疑问，平台就是数据这种生产资料的生产工具，那生产者是谁呢？

对于需求方消费者来说，外卖的核心是方便。在外卖平台出现之前，商家的各种食物早就有了，但是商家欠缺需求信息的获得，消费者欠缺方便高效地获得食物，移动互联网的出现让这种方便成为可能。而实现这种可能的一个关键环节就是外卖小哥。外卖小哥付出他的劳动时间和人力成本，输出了运输价值，有了这种价值，平台的商业逻辑才能成立。换句话说，外卖平台的核心价值实际上就靠外卖小哥来实现，那种说数据才是外卖平台的核心价值的，显然是一种唯数据为王的错误理解。

既然外卖小哥的劳动时间才是外卖平台的核心价值，那么作为生产要素之一的劳动者，显然就不能只是外卖平台的那些程序员数据分析员和运营者，外卖小哥必须作为生产者之一看待，外卖平台的产品绝不是顾客想要得到的食物，而是外卖小哥劳动时间为核心要素生产出来的服务。

这样一来，外卖小哥就可以被纳入劳动法之中，他与外卖平台之间是雇佣的劳动关系，在劳动过程中产生了各种权益以及伤害，都应该纳入劳动法保护范围。

当然现实却没有那么简单，还需要各方进行博弈，但可喜的是，纪录片的出现，告诉我们，已经有公权力在关注并介入这一个重要话题了。

网络里其实也有真相

中国的城市基建成就斐然，今天我看到的一则新闻让我更加确认了这一点。这回我说的是公厕。

一个三岁小男孩因为随地小便，被警察开了 2500 美元的罚单；一个两岁的小男孩在公园里找不到厕所，在灌木丛和一座面包车之间的缝隙里撒尿，被警察发现了，结果他的爸爸妈妈因“忽视儿童罪”被关进了监狱九个小时。更让人吃惊的是，法官裁决罪名成立。这个案件导致的结果是好多孩子不得不硬硬地将尿撒在了自己的裤子里。

我继续搜索了网络，还有比这更离谱的。一个叫胡安的男人，是个电焊工，1986 年，他因为随地小便被抓之后，就被法律列为终身的性犯罪者，所有城市的公园、学校、孩子密集的场所，他都不得出现 2500 英尺之内。

所有这些看似荒唐的事情，一是表明美国这一方面的法律有多么严密，二是表明他们的公厕太少了。用美国人自己的话来说：缺乏公共厕所，是让美国颜面尽失的基建失败。

看看美国人自己的评论：在晚上你会看到人们在排水沟里撒尿和大便，人们失去了尊严，失去了自尊。

我们国家的公共厕所建设，近年来，质量与数量都在前进，大家有目共睹。

他们为什么过得不幸福

在我所认识的长辈中，那些能够一针见血、一语中的，但语言刻薄的叔叔或阿姨，往往把他们的家庭生活搞得一地鸡毛。因为他们受不了身边的人思维模糊，逻辑混乱，主次不分，纠缠边边角角，大小不管一把抓，做事磨磨唧唧。比如，家里人在超市为一些小物品犯选择困难症，吵；购物的塑料袋子明明积累很多仍不断当宝贝一样地留着掖着，吵；出去旅行总是因为对方毫无规划打乱整个行程安排，吵。

这种原因造成的家庭矛盾几乎是无解的，因为这几乎是两个原生家庭的习惯的冲突，都是成年人，谁都改变不了谁！婚姻对于一个人最有成长指导意义的地方，就是让一个人终于明白，他/她绝对改变不了谁！

这句话也可以换一个角度，婚姻最能磨炼一个人性格的地方，因为要想成为一对幸福夫妻的秘诀是：有一方得特别能忍。

通常的表现是有一方觉得不主动做出让步已过不下去了，开始渐渐咬牙闭嘴。现代行为学对此行为美其名曰心商。

但是你翻开相关的资料，却发现所谓心商里里外外圈圈绕绕的都是在围绕着情商兜圈子，无外乎是一碗碗的心灵鸡汤，让人失望之极。

同时你也没法到故纸堆里去找答案，我们的传统文化包括传统哲学，都有一个共同的缺点，就是欠缺较强的实操性，尤其是对于婚姻夫妻相处，更是很少涉及，可以援引的纲目全和夫权女德有关，又是一层失望。

多年前我的一个前卫的阿姨给我妈说，如果你想让对方知道婚姻的珍贵，就去搞外遇。我妈没法反驳她这种混乱的逻辑，但却在日记中记下了这句话。这阿姨就是那种快活在嘴上，戏精在身上的人，这种人是无法用语言战胜的，只能用事实去打脸。果然她的革命实践悲惨地失败了，她搞了外遇，她的丈夫直接踢了他，是她自己而不是她丈夫，知道了婚姻的珍贵。

所以想保持婚姻少战事或无战事，还是要妥协地回归到忍字诀上。

就是把家务的管理交给对方，执行的细节交给自己，也就是回到家里多干活少说话。这样你眼睛所及，都是你自己所布置，就没有那些混沌和模糊了。你不要抱屈，而且对方还会在心里一直感激你，回到家就不闲着，任劳任怨，除了你受点累，起码为家庭争来了和平发展的好环境。

这是病，得治

前不久，辞职的殷储教授被网暴了，因为他贬低了一群人心中的偶像。刚被网暴的时候，殷教授表示自己表达的是内心真实想法，没有问题，不会向网络暴力低头。转眼今天就低头道歉了。

这很是让我想起当年凡客诚品的老总陈年，因为说他的偶像诗人穆旦要甩周杰伦几十条街，被网暴的网络旧事。十多年了，科技一直在进步，网暴却没有什么进化，仍然处于三段论的水平：张口就是人格骂，粉丝数量比高下，不识泰山大傻瓜。

所有的媒体都在说如今是价值观多元化的世界，其实还真不是。只不过是喜欢的东西多元化了，人和人喜欢的东西不一样罢了，有一个价值观一点都没变，那就是我说好的东西，你说不好就不行，价值观非常稳定。

一个东西100个人里面，80个人说好，15个人无感，剩下的5个人的不同意见哪怕再真实，也失去了计票价值。多数人的暴力，可以说遍布全球每个角落，网络则是放大器，直接将这上升到了道德批判，不和网络暴民们想的一样，就不是正能量，就要灭之毁之迫之罪之而后快。

韩非子说，威势可以禁爆，德厚不足止乱。放到今天的场景看，2200多年过去了，一点都没变。

我和你

最近，断断续续有朋友会问我，人生的目的或意义到底是什么？

哲学家们最喜欢这一类问题。

康德说，命运是无法用理性来抗拒，也无法回答清楚的。

穆勒说，幸福就是理性的终结者，向着幸福出发，你就找到命运了。

笛卡尔说，我怀疑故我思，我思故我在。

萨特说，这个世界虽然荒诞，积极行动起来就能掌握命运。

虽然没有标准答案，我却找到了一种最合乎自己心意的回复——《我和你》。

这是德国哲学家马丁·布伯的经典之作。在他的眼里，人生的本质就是两种关系。我和你，我和他。人和人、人和自然、人和未知的神秘，人和世界，都可以用这两种关系来解读。

我和你，是直接紧密的联系，是伙伴，要把沟通的精力和积极回应的努力都放在我和你的关系上。

我和他（它），没有真正的联系，是工具，是利用或控制，我和他之间没有真正的互动和参与。

在我和你的视角下，没有陌生人，只有还没有遇见的自己。当然这种机缘是少的，值得你投入的努力也是少的。只有在这种关系中，人才有可能真正的认识自己，认识别人，认识世界。

读完这本书，你会发现，有再多的存折，困在里面，你和周围的关系永远变不成我和你。

这本发表于整整 100 年前的小书，只有 170 来页，却解开了很多人在后资本时代生成的物质死结。

漫长的告别

《漫长的季节》，当在网上看到这部口碑炸裂的国产电视剧的介绍时，说真的，当时的第一感觉，就是他可能和我的心头好《漫长的告别》这本书有关。

五一前，我看了他的第一集就被吸引了，很出色。诗意的镜头语言、若隐若现的时代刻画，多线的叙事结构和演员全员在线的演技，想不出圈都难。但同时我的内心也更加肯定，它的导演或编剧一定是《漫长的告别》的迷弟，至少也是深受影响，就像村上春树一样。

刚过去的这个周六，我从中午一直看到第二天的天亮，追完了这部剧。果然好看，但也没错，我在第七集找到了明确的证据，证明他在向《漫长的告别》致敬。这一集，刑警队马队明确地说，我现在喜欢的不是福尔摩斯，是钱德勒。

雷蒙德·钱德勒,《漫长的告别》的作者。

他是世界文学史上唯一一个凭借侦探小说进入经典文学殿堂的大师级人物。你不认同他不要紧，美国文库认同他，好莱坞认同他。加缪、奥尼尔、威廉·福克纳都是他的迷弟，这三位有一个共同的身份，都是诺贝尔文学奖获得者。其中威廉·福克纳，在好莱坞做编剧时，更是只能做他的助手。

在他无数的崇拜者中，有一个大家都熟悉的名字——村上春树。村上春树对《漫长的告别》喜欢到什么程度呢？在反反复复读了十几遍后，还是嫌不过瘾，干脆自己亲自下场翻译了一个版本。

《漫长的告别》一读之下，我就陷进去了，以至于我收集了好几个版本。

他的小说在字里行间有一种神秘的吸引力，即便是书名也颇有这点味道。在看似漫步一般的文字叙述中，每一页都潜藏着一股看透人心的悲悯。这种悲悯也包含对主人公侦探马洛，开始我以为这是因为小说用的是第一人称意识流，后来我认识到，这是一种天生的文学才能。诺贝尔文学奖热门人物美国女作家乔伊斯·卡罗奥茨对钱德勒的评价说出了我的心里话：“钱德勒的文字，已经达到了无意之中就具有说服力的境界。”

靠写类型小说活着时就发了大财的作家只有极少数人，比如写武侠小说的金庸，写恐怖小说的斯蒂芬·金。但仅仅凭着七部侦探推理这种狭窄类型小说就得到纯文学界普遍公认为大家的，恐怕只有钱德勒。

科技想要什么呢

钢铁怪物，我在弟弟两岁的时候就教给了他这个词，告诉他，汽车非常可怕。他在四岁多的时候有一天忽然告诉我，姐姐，我有点明白汽车有多可怕了。今天在幼儿园一个小朋友跑着忽然和我的脑袋撞到了一起，我们两个都疼得哭了一上午，要是被汽车撞上，脑袋肯定就裂开了。

他能有这种认识，我当时很高兴。

随着年龄的增长和阅读的增多，他开始对人类的科学创造发明产生了浓厚的兴趣，开始幻想自己能够发明一种飞行器，能够快速地将人类的挥动力量放大几百倍，让人也能像鸟一样自由自在地飞翔。

我肯定了他的热情和想象力，但我嘴贱，还是打击了他一下。我说你有没有想过，真有哪一天啊，空中会发生很多血腥可怕的飞行碰撞事故？你还记得姐姐为什么说汽车这种高铁怪物可怕吗？一是因为他速度太快，质量太大，因此他带来的伤害程度实在是人力无法做到和想象的；二是有多少种不同的人，就有多少种不同的开车方式，它会放大人的性格思想行为的缺陷，放大人与人之间的冲突，会产生很多意想不到的悲剧。

弟弟不服，说他发明的飞行器不一样，就像人走路一样，人和人走在地上也没见撞在一起呀，在空中增加了那么多的空间，就更不容易撞到一起了。

我说，你仔细想想，机器给予的速度，是人这种碳基生物适应不了的，一旦超过一个临界点速度，人的大脑这种碳基计算就处理不过来了，你的飞行器一旦设计出来，很可能法律就控制不住速度的上限，像汽车一样，可怕的交通事故就

会在空中重新上演。

弟弟转过头，不理我了，大概觉得我是个神经病。

可是，我还是希望他能够记住我说的这些，哪怕他以后成不了什么发明家，能引起的一点点思考也好。

仔细想一想，人类的文明进步史，其实就是对工具的创造升级史，尤其是这200年来，科技工具的使用确确实实极大地解放了人类身体对劳动的束缚，极大地提高了物质生产的效率。在时间和空间的利用上，人类都得到史无前例的跃进，人类也是第一次集体将目光空前地聚焦在了三个词上——能量、计算、交易。所有所谓的开发使用创造都不够，继而是争夺、侵略、掠夺、殖民、围堵。凯文·凯利发布《失控》《科技想要什么》《必然》等著作以来，很多人都在像他那样思考，我们的精神世界比200年前的人们要丰富吗？生活在处处方便又追求方便的今天，我们真的把自己的大脑解放了吗？科技是真的能够解放我们身体之后，又将人类的精神文明提高到崭新的维度吗？科技到底想要什么？又最终能够为我们带来什么？

我以前一直觉得，每个人的生命都是一项秘密的任务，直至离去的那一刻，你都希望去揭开他。你可能朦朦胧胧地猜得到结局会是什么样，但直到闭上眼睛，你都无法确定它到底是个啥。

现在，科技之于人类，可能也是如此。

救大V还是救那个谁

财经大V吴晓波“只有救楼市才能救内需”的观点，一经发出就得到了各方狂喷。我专门去听了听视频的具体内容。客观地讲，他给出的五条建议都用了心了，都是立足现实能起到一定效果的好建议，但他被喷并不冤枉，因为他为了吸引眼球，起了个特别引人误解的标题，只有救楼市才能救内需，太标题党了。

咱们逐条听一听他的建议是什么？

这是最有效的一条。目的是首先清理房地产税征收的法理障碍，然后推出房地产税接棒财税政策，以前是用房子这个物品来代替税收，可以说房子是隐形的税收。改为房地产税，虽然池子一时看起来没那么大，但长期稳定，大大延长了目前地方政府的债务危机解决时间，还能够为目前岌岌可危的医保、社保、养老等缺口提供长远的支持办法。这个建议既有效又可行。

第二，这个办法是以降低支出为手段，变相增加潜在的消费比例，对刺激内需来说，也是有一定作用的。

第三条也是通过增加潜在的消费能力，解决内需问题。

第四条其实是防止楼市出现日本式暴跌，有人会跳楼，消费会更加低迷，那样可能我们出现失去的二三十年也未可知。

第五条，我个人是不同意的。中国楼市之所以走到今天的困局，一是当初对债务扩张带来的经济发展后果没有良好的整体认识和整体评估，二是对各种资本比如官僚资本、垄断资本、民营资本的贪婪嗜血程度认识严重不足，法律和各种政策严重滞后，导致乱象丛生，绝不能再重新开口子。

总之，他这五条建议并不是胡话连篇，但也没能从根本上提出解决办法，因为好像就没有这么一个好办法。

都知道，提高居民收入是刺激消费激活内需的根本，但手段还是欠缺，不能仅仅依靠货币、财政这些政策性工具。毕竟，如果能够去掉教育医疗和住所的后顾之忧，谁还不会花钱呢？

偏见的进化

马、驴、牛、羊生下来一时半会儿就能独立行走，小鸡、小鸭 24 小时后就能独立生活，而人类刚生下的小婴儿却娇弱得一阵微风都受不起，如果没有妈妈用乳汁精心地喂养，初生婴儿连二三十个小时恐怕都很难挺过去。

生物学家对此的解释是，因为所有人类都是早产儿。胎儿必须提前生产出母体，然后在体外继续完成大脑和身体的相关发育，才能在一年后达到直立行走的身体条件。

也就是说，如果人类要像小牛、小马那样，生下来就会走，要么妈妈的肚子被撑破，要么妈妈的产道太狭窄胎儿生不出来，憋死在肚子里。

人类为了顺利得到这样一颗万物之灵长的大脑，努力了整整 1400 万年。

而这颗进化了 1400 万年的大脑，将世界从荒蛮原野的血腥丛林带进人工智能的魔法时代，却仅仅用了不到一万年。

这似乎足够令人惊叹。

那这一万年的人类文明史又是怎样的呢？

六一儿童节刚过去，我们不妨换个新鲜角度看一看。

约翰·洛克说，儿童是一张白纸，好画最新最美的图画。

那么，谁画，怎么画，画些啥？

最初来画的，自然是孩子的父母家庭，接着，是从粗陋到成熟的制度、由松垮到坚固的体制交织而成的文明系统，父母用和他们自己差不多的语言文字符号画了一幅满是门第、阶级、阶梯、各种观念的复制品，而系统用社会－个体、教育—原始、政治—乌托邦、经济—谋生、科学—反智、技术—蒙昧、正史—野史、艺术—世俗将人类文明进化的几千年的成果，浓缩成一道道的深沟回路，镌刻在青涩稚嫩的大脑上。于是一个十几岁的尚未涉世的孩子，就奇迹般地拥有了一颗跳动了500年甚至1000年的沧桑之心。人人都是生来原始，却长在了庞大坚固早已成熟建构的文明之中，十几岁就要学会用千年的眼睛去打量这个世界，没有人关心他是否做好了准备，也没有人关心他对这一套是否感兴趣。

F=ma，牛顿这样的天才不是到44岁时才推导出这个举世无双的公式吗？你让我十几岁就去读懂它，学习它运用它，靠它和同龄人你死我活地争抢向上的社会阶梯，拿到了那一纸敲门砖之后，99%的人从此再和这个公式无缘。这种踩在巨人肩膀上看世界的教育，估计也要把牛顿爵士气成迟钝大王吧。总说教育需要改革，该改哪里用心想过没有呢？

庄子说，“匿为物而愚不识，大为难而罪不敢，重为任而罚不胜，远其途而诛不至”。这种对政治权术的超前洞察，我是看了很多名家注释之后才完整地体会到它的深刻之处，把这种文本做成少儿国学经典诵本，真有那个必要吗？

记不清是哪位获得德国哲学家说过（很可惜，再也没有查到出处），我不是生下来就是德国人，而是学着成为德国人的。

这句话可以适用于任何民族、任何文化。

我不是生下来就是炎黄子孙，我是成为炎黄子孙的。

人类文明进化的第一期，是阶级和国家。目前我们就处在这个阶段。进化的

第二期什么样？不知道。

但是我并不乐观，因为儿童这幅画，没法重画。你朝里压缩的内容越多，他的面目就越模糊，你朝里填的颜料越多，风干之后，它就越来越像一块石板。你就是把这幅画烧成了灰，他的底色还在。你可以摧毁一个人的肉体，但是你摧毁不了他对你的偏见。

撕裂在加深

经济危机是资本主义的固有顽疾——这是写在我们教科书上的一句话。那个时候我们还不曾富过，因此我们的视角还不够直接。更准确的表达应该是，贫富分化是资本主义的固有顽疾，因为，经济危机只不过是贫富极度分化的表象而已。

可世界上有人偏偏不这么想。

阿根廷新任总统米莱在达沃斯论坛上，极力鼓吹完全的市场经济自由化才是人类的正确选择，炮轰西方发达国家们将国家经济主体化（凯恩斯主义）和集体主义化是造成贫困的根源。在他的眼里，政府就应该啥都不干，大政府破坏了真正的经济自由，甚至连企业的垄断都不应该干预。

更引人关注的是，马斯克给他点了一个大大的赞，为了彰显认同，他还配上了一张非常有意味的和谐图。

最关键的是，前不久面对爱泼斯坦岛集体失声沉默的大V大哥们，忽然又集体雄起了，米莱封神的呼声宛如松涛海潮，那叫一个嗨呀。

我知道这是一个撕裂的社会，但我没想到，站在我对岸的那些人，不但有很多属于无耻，还有很多属于无知。当然，马斯克是精明的资本家式无耻，因为他要买阿根廷的矿石；米莱是投机者的无耻，因为作为经济学家，他明明知道这个世界上就没有经济模型中的理性人，任何不考虑人性的社会模型，都是在故意侮辱民众的智商。

市场经济自诞生后，初始确实如晨曦之光，整个人类包括底层民众基本上都解除了温饱之困，但随之而来，始终不离左右的，不是整个人类无分贵贱、不分你我的世界大同，而是权力加持下的官僚傲慢，财富膨胀下的自私纵欲，阶层分化下的内卷惶恐，剥削外溢下的变相殖民。即便几次科技的进步，提高了人类生活的整体文明水平，冲突也无法避免，战火持续不断，经济危机在当下已演化成为金融危机，甚至货币危机，历史只是重新以不同的剧本演绎着相似的循环。

公权当然应该受到限制，但它不是洪水猛兽，更不是私权的天然对立面，请问犹太财团是不是私权，打螺丝挣来的月薪 3000 是不是私权，当后两者发生冲突的时候，事先建设出一个独立公正的公权力，不才是更有价值的选择吗？

我不是在为任何人做辩护。一直以来，我都在说，不要因为北极冷，就说生活在南极一定会很幸福。与自由市场对标的，是封建社会的皇权制度，不应该是社会福利制度、公平分配建设、宏观调节干预、向弱势群体倾斜，把这些当作攻击目标，是找错了的对手。

恰恰相反，这个世界看上去那么糟糕，正是因为这些做得远远不够大、不够强、不够好。

阿中贸易是顺差，我们对阿还投入了很多低息贷款，但他的总统却公开扬言，不将我们当朋友，偏见之深无赖之极，可见一斑。可偏偏有那么多人因为他的一篇嘴炮，就将他奉为神，人群撕裂的鸿沟，已成流沙河，两边波浪宽。

真实的谎言

爱泼斯坦上岛名单事件正在海外持续发酵，解密的文件如今已达到几千页之多。它让我们看到了权力财富名望三者一旦勾结勾兑，道德法律是非底线根本就无从谈起，只有变态扭曲的价值利益交换。而这场疑似犹太财团和白人至上团体斗法的喧天闹剧，到底会在2024年美国的大选之年产生什么样的惊奇后果，现在还无法预料。但可以看得到的事实是，无论什么样的人上台，都只不过是金钱的代言人，金字塔的结构是如此牢固，以至于底层的民众，包括那些红脖子，也只能玩一玩占领华尔街、攻占国会山这样的荒诞混乱场景。想让一个满腔囊肿遍体脓疮的利维坦怪物，还给他们一个民有民治民享的光荣梦想国家，是已经不可能的了。

这几天，我们这边，很多大V公知，忽然都对这事儿闭嘴了，这里的网络静悄悄。为什么？一来是他们精神偶像碎了，二来，是这套游戏，他们也熟，心有戚戚焉，讨论这个，他们有心理障碍。

闭嘴，是他们最好的选择，这符合犯罪心理学。

可是说到底，平凡、善良又顽强如野草般生存的老百姓，又不是生活在桃花源，在这样浑浊的池子里，满眼的肮脏，满手的无力，满心的焦虑，哪个人不是从愤怒到麻木，最后都起了一层厚厚的茧子，毫无知觉呢，哪个人不是自己心灵的疗愈师呢？

绵延200多年的工业文明解体了族群，农民从村子里的大家族走向了漂泊无依的城市，用格子笼组成了一个个的冷漠社区。如今信息社会虽然没能让家庭解体，但却相当程度上隔离了每个人的心灵，几乎每个人都成了一个个无依无靠的孤岛。金钱成了社交最耀眼牢固的纽带，掌握资源分配的权力由于能够变现为金钱，自然就成了这些孤独的心灵追逐的目标。有些人攀爬成功了，有些人在街头流浪，游戏的展开，难道只能有埃布斯坦岛一种模式？游戏的终点，是不是只有金字塔结构下的一种结局？

美式灯塔设计没能挡住金钱和人性的腐蚀，在我这里他已经破产了，有没有一条路，能够珍视每个人的权利，既能允许人性之恶上岸，圈囿有度，又能扬发人性之善，阳光普照，经济互助与精神互助并存，心灵不再是孤岛，有没有？

我心里是乐观的，但那需要很多很多很多年。

计 算

2005 年，一个 20 岁的小伙子到阿里去面试，尽管他毕业于西安交大少年班，但面试官仍然嫌他太年轻，经历太单薄，满脸的拒绝之意。这个小伙子于是打开电脑，一阵键盘噼里啪啦三分钟之后，阿里的内网就瘫痪了，然后扬长而去，面试的一众人等甚至都没来得及去拉住他。这样的人才，马云事后得知当然不会放过，他后来就成了阿里的首席安全技术官，也是《计算》这本书的作者吴翰清。

《计算》，千万不要以为这是一本讲网络安全和黑客技术的书，用作者自己的话说，这是一本写给所有人的书，是一本人人值得一看的哲学书。书的内容和网络安全和黑客没有任何关系，和计算机技术也没有关系，这本书以计算到底是什么为基本视角，以数学和计算的历史发展为叙述脉络，倾尽一个曾经的天才少年在经历了岁月磨砺，于年近四十时对世界进行长达三年的深度思考之后，展现给大家的一个崭新世界观的哲学之书。

比如书中谈到，“二进制算术”的发明人莱布尼茨，曾经发问，为什么中国早在伏羲时代就发明了阴阳这种最初的二进制，却止步于六十四卦这种变化就停止了呢？莱布尼茨认为，古代中国人引入了太多形而上的东西，放弃了通过理性推理来表达更多的事物。这句话翻译一下就是，没有将形式逻辑进一步发展为符号化的数学逻辑，而将太多精力放在了争论一些无用的东西。

这一段内容让我深为感叹。中国历来不缺乏天才的头脑，比如战国时期公孙龙的《指物论》可以说是将中国科学思维哲学思维和逻辑思维集大成为一体的不朽著作，说是为中国东方文明建设科学宝塔的进程上，打下了第一个牢固的地基也不为过。但是，后人中的天才，或因为科举浪费了头脑，或因为生存衣食消磨掉了精力，总之，没有人能再在这块地基上继续增砖添瓦，以至于 2000 多年来，中华文明一直和现代科技文明相隔离，到了近代，西风东渐，才算是补上了科学这条瘸腿。

欧洲本是一片贫瘠的土地，可是自从打碎了神权，就像开了挂一样，科学的大厦不但有奠基人，比如牛顿，他第一次将物理数学化，世界原来可以如此精确地计算；比如莱布尼茨，他第一个将逻辑推演数学符号化，后来的人不断垒高推进，到了关键的节点，又出现了图灵、冯·诺依曼等天才打通夯实，最终才有了计算机的出现。这究竟是老天对他们太偏爱，还是我们自己掉进了烂泥坑？这都是值得深思的问题。

最后就用作者对这本书的使命愿景作结束语吧。“我希望同路人铭记先辈们攀登过的高峰，我们将以此为起点继续前行。我希望亲朋好友们理解我们努力的目标，我们还将为此继续奋斗。我希望孩子们知道他们会继承什么，以及还有哪些留待他们去开拓。”

人生“作弊器”

人工智能时代，还会内卷吗？会。很多领域卷不过机器，只好卷人。除非生存资源足够丰富，算力又强大到能统一合理调配这些资源，即便不工作，个人也能有尊严地生活，否则，人会被挤到更有限、更狭窄的领域去加倍地卷，最起码，十年二十年甚至更长，出不了意外。

不得不卷，是数字时代不得不面对的残酷现实。即便今日积下了泼天的富贵，谁又能保证在波诡云谲的世事变幻中，能一直立于不败之地呢？英雄无岁，只有千里万里的名声，没有千里万里的威风；江湖无辈，莫欺今日少年穷，他日少年成英雄。

有人说了，道理是这么个道理，难就难在怎么把这个穷少年养成贵英雄啊。

不错，归根结底还是要回到教育上，毕竟，人工智能的远水，解不了当下年轻的父母们心头的焦灼。

怎么教育孩子才能帮他突破内卷呢？内卷太可怕了，它是在旧的牢固的游戏规则中打败别人，即便成了赢家，也是身心俱疲遍体鳞伤。

还有没有别的招？有的，作弊，作人生这个系统的弊。

让孩子作弊？不是，需要当爹的就要学会作弊。

《我的事业是父亲》十年纪念版的作者蔡笑晚老先生，一个乡村医生，就是这么一个“作弊”的父亲，他用他特立独行的教育方法，将六个孩子全部培养成了杰出的人才。老大，“60 后”，美国康奈尔大学博士，宾夕法尼亚大学沃伦商学院最年轻的教授之一。老二，“70 后”，中科大少年班公派留学生，美国罗彻斯特大学激光物理学博士，高盛公司副总裁。其他 4 个孩子也全是“70 后”，博士毕业的年纪，一个比一个小。他最小的孩子小女儿博士毕业时，年仅 22 岁，哈佛大学生物统计学博士，即便现在也是哈佛大学最年轻的终身教授之一。

这六个孩子成长于 20 世纪 80 年代，发展于 90 年代，物质条件、学习环境、信息渠道、教育配套相比现在都相对匮乏得多，尤其是蔡笑晚先生，只是浙江某市的乡村医生，他是怎么做到的？

如果我能用几句话，就把他的全部经验在这里说明白，那简直是对蔡笑晚先生丰富人生的侮辱。真传一句话只适合某些技艺型领域；教育孩子培养人才，需要一整套特别又系统的教育观和方法论。

比如，20 世纪 60 年代，老大一出生，蔡笑晚先生就开始了胎教，婴幼儿时期就开始了早教，为了实现孩子早入学、早跳级、早起跑，蔡先生费尽心力，不遗余力地频繁搬家、转学，别说在当年，就是在现在躺平观念越来越蔓延的今天，他都是一个“异类”。

不要以为用他的方法培养出来的孩子，都是只会读死书、死读书的书呆子，我说过了，他是人生“作弊”专家，一个用心思考什么是教育、什么是父亲、什么是成长、什么是人生的智者。他的 6 个孩子，都是同行业富有情趣的优秀人才。

好的养育方法，不仅仅是父母们的学校，也是孩子们的乐园。我希望，我若为人母，也能做一个好的老师，让我的孩子生活在幸福的乐园。

我的一个偏见

刚看到山西订婚强奸案标题时，我就猜想这事大概率发生在县城一级，结果验证没错。为什么我会有这种类似偏见的判断，请耐心听听理由，看看是否有几分道理。

1. 彩礼在金钱物质至上的价值观熏染下，早已失去了传统文化的和亲之意，已成为城镇男青年及其家庭的负担，并被不少女方及家庭演变为红果果的性资源交易，再捆绑上人身、人格、生育诸多因素，彩礼已活生生变成了陋习的代名词，而且近二三十年来愈演愈烈，很多结婚的债务都在为这种可怜可悲的文化买单。

2. 法治抵不过人情。县域的法治进步被浓厚的江湖人情所阻滞。本案中，最初的办案民警是清楚双方仅仅是房产证婚前还是婚后写女方名字的矛盾，但由于男女双方都对司法办案体系缺乏起码的认知和了解，男方姐姐坚决不答应婚前房本写女方姓名，女方家庭气愤之下就咬死是第二天被迫发生了关系，警方没有办法调解无效，只好上报为强奸。一旦进入程序，检察院作为公诉一方当然也不会主动撤诉，法院即便发现了诸多不合理之处，也不会驳回让检察院重新补充证据，更不会明察秋毫，判决为无罪，那样相关警方、检方都会承担责任。在一个地级市的县城里，本系统的人脉是远重于事实的真相的。何况有女方的口供证词在？曾听一位律师叔叔转述县城女法官的话说，你们的案子没法改，早内定了，影响的不是一两个人。爸爸说这也很正常，很多的县又小又复杂，事实抵不过利害，放市里省里，还能搏一搏。也就是说，上了桌面，就不是人力所能控制的了。

3. 只要留心一下就会发现，近些年曝出的骇人听闻的文化陋习事件、权钱勾结草菅人命全网关注的案件，发生在一线二线城市的较少，当然不是没有啊，但大多还是发生在县城及以下这一层级。深究起来，大约还是文明观念淡薄、文化教育建设薄弱、权力及金钱织就的江湖风气远重于法治思维，民间乱象叠加基层官僚作风的结果，常常爆出哗然天下的网络热点就不奇怪了。

正义最怕被暧昧

朱令案如果发生在今天，会不一样吗？

或者，换个方式问你，作为最普通的一个老百姓，如果你和生在罗马的公子哥发生了冲突，在舆论目光如炬、证据也能被数字化保存的发达互联网时代，你还会不会害怕罗马长老院的长老们干涉公平歪曲正义？

其实这也是朱令案至今仍然得到如此之大关注的主要原因。当年案件因关键证据遗失导致无法给犯罪嫌疑人定罪，疑罪从无。纵然后来不断引起舆论重视呼声巨大，但法治社会还是要依法办事，证据不足，就是无法定罪，这算起来可以说是法治的进步。但朱令同学去世，今天仍然在各大平台上了热搜榜，三十年过去了，热度不减，这说明有另一层原因不容忽视。

这个原因就是暧昧。没有一个官方或半官方的喇叭对公众进行过清晰的说明，哪怕说明里就当年的办案手段落后，办案程序粗疏进行道歉，网络的声音都不会如此气愤。

暧昧的原因也不难理解，谁都不愿意担一个陈年旧账的责任。

暧昧造就的不清不楚，让民众们担心恐惧害怕：如果有一天这种事情落到自己头上，该怎么办？

同样是发生在20世纪90年代的美国橄榄球明星辛普森杀妻案，尽管全美国人包括当时的总统克林顿都认为杀人凶手就是辛普森本人，辛普森天价聘请的律师团以强大的辩护能力指出警方办案程序非法和有限证据被污染，从而让陪审团判断辛普森无罪，但毕竟后来通过民事判决了辛普森有罪，正义获得了部分补偿，算是给了公众一个交代。民众除了谴责金钱的强大和相关诉讼法律设计有漏洞缺憾之外，对司法公平本身并没有多少异议。

正义也许会迟到，但从不缺席。这句流传很广的格言，实际上是一种弱者无奈的自我安慰，迟到本身就是因为正义在退缩。公正需要清晰直接的态度，哪怕是三十年后。

找到性价比最高的绝佳时间

生活在数字资本时代，大家都有被钱追着跑的感觉，不是你缺钱钱就来的意思，而是说你的24小时几乎都会处在数字网络的监控之下，被资本所奴役得无所遁形，很多人做梦都想变身超人，每天只睡4个小时就够，工作效率超高，8个小时就能完成16个小时的活，周末能够精力充沛、神采奕奕地约会，或者陪着孩子游玩，更进一步，到了40岁就赚够足够的钱去退休，相比别人的老年都是被病痛折磨得腥风血雨，而自己却能够健康地安度晚年。

这可能吗？

听上去不太可能。但可以退一步，或许有这么一种存在，同样只是睡六七个小时，醒来后却比以前要精神满满得多，一天只吃两顿饭，却比吃三顿饭吃得更多，同样的生活方式坚持上二三十年，你可能还会发现你竟然可能避开了家族性

的糖尿病、癌症、心血管或者阿尔兹海默病。

做到上面这些听起来并没有什么了不起，但你只要稍有生活经验，对比周围的朋友、亲人和自己，你就明白，在现在这个高压力的社会，这已经是普通人的天花板生活了。

睡得好，吃得香，没大病，这么难吗？

我的老师向我推荐了《绝佳时间》这本书。开始我以为这是一本关于生物钟的书，等看完第一章我就清楚，我对生物钟的了解还停留在三四十年我父亲那一代的认知上。神经科学和脑科学和其他学科一样，在近几十年内，已经取得了突飞猛进的发展。比如，长期超过晚上 10 点睡觉，对某一类睡眠类型的孩子来说，它的性发育就会提前启动，导致他的骨骼过早发育闭合，影响成年后的身高。这个观点以前也听说过，但都是猜测，而作者牛津大学的罗素·福斯特教授，对他的结论，都给出了数据和依据，都会用事例和数据展开论述。所以，本书既是高质量的科普书，也是高含金量的实用操作书。

用一本书找到属于自己的绝佳时间，就能亲手为自己规划接下来的几十年活动时间，是一项性价比超高的事。

人工智能淘汰人工

人工智能到底能给我们带来什么？可能三言两语不好回答。但它能不能改变目前人类社会化大生产的三大最终难题：生产过剩、失业增加、贫富分化呢？目前恐怕不但不能，只会进一步加剧这种趋势。

比如以前1000人争卷100个岗位，如今3人利用人工智能干了100人的活，剩下的97人重新学了人工智能再去争抢原来100人的有限市场机会，结果大家略一转念就能推导出来，一来低端产品更多；二来在多轮无意义竞争中损耗更多资源和人力丢失；三来资本的投入产生比更大收益率更高。

当然会有人反驳说，目前人工智能仅仅是在语言理解输出和图像理解输出方面大放异彩，自动控制、机器人、自动驾驶等重要领域并没有颠覆性的表现。确实如此，但这也正是人工智能还尚未引起人类集体反感的原因。一旦在上面所述等领域获得突破，200年前英国工人砸机器的一幕又会在本世纪重现。不同的是，当年的工人们还有机器这个对象可以发泄失业的恐惧和愤怒，被人工智能夺走工作的人群，就怕该砸什么找谁下手到时都搞不明白。

难道人工智能真的是人类文明的杀手？想远一点，也许会重新变得乐观起来。设想人工智能能够极大地代替人类，解放劳动对人类的束缚，衣食住行药和玩六大项中，除了玩，所有的活都交给人工智能来完成，那就是物质产品极大丰富，人类主要的工作就是如何分配自己的时间，经常为娱乐的时间和工作的时间如何分配纠结，那“各尽所能，按玩分配”又有什么不可能的呢？

当然，实现这种白日梦的前提，就是人工智能已经强大到取代了人类来统治

这个社会，不管人工智能以后有没有意识，是不是具有人性这种机器属性，反正靠人这个梦是做不成的。

萧条时代

百年未有之大变局到底是怎么个大变法？不知道，在未来没有揭开之前，它一直是不确定的，都是薛定谔的尾气。但有一点几乎可以确定，“二战”后 70 多年的平静温和的人类社会，如今已经进入了新的动荡周期。

宏大的叙事再怎么波澜壮阔、波诡云谲，最终我们每个人都还要落实到自己日复一日的生活中。很多行业会日渐一日地衰落，身处其中，只有极少数人能够先知先觉提前脱身，凭敏感的嗅觉布局未来，大多数人都注定会在惊愕中连转身都来不及就被大潮吞没，要么有所意识反应迟缓，要么浑浑噩噩毫不知觉。等大潮退去，相互看着满地的裤衩，才醒过神来，原来萧条是这个样子。

怎样活下去？这样的问题啊，总是很难回答。因为每个人的疑问都带着细节，每个细节里都含着区别。鸡汤文大约会告诉你，在未来的十年，保有精力耐力和成长力最重要。精力让你扛得住，耐力让你扛得久，成长力让你扛得高。

但真正能让你挺过寒冬的，一定不是耳边一阵阵高呼“加油，挺住”的号子，而是宽厚结实的大棉袄。先活着再唱高调，才是真故事。先胜利再写奋斗史。先有术再有道，才是真道。

三人同行，弱的受苦。这本《萧条中的生存智慧》，就是这种寒冬强者练就术，穿越萧条，练就耐力、精力、成长力的三力之术。

作者曾在七家跨国公司任职，从管理人员到董事长，在日本长达 30 年的经济萧条中，带领所在公司摆脱债务，扭亏为盈，是日本企业界明星一样的存在。这本书的内容，条条都来自高度发达的现代商业文明最前沿阵地，绝不是学院派矫揉造作的空想之作。这既是一本实用度超高的工具书，又是一本应对现代商业文明内卷的生存之书；是励志顾问，也是实战教练。

过日子，其实过的就是这种精细化的操作能力。如果你想退休后的余生还能享有春花秋涛夏云，准备过冬的柴火从年轻时就开始吧。

活着是一项艰难任务

前两天内蒙古一对夫妻携手双双赴死，还是并排直面立于火车之前，从此这一对苦命人不用再经这人世冷暖了。他们虽然情义两心坚，可是也已经是到了谁都给不了谁生的希望的地步了；人生在世，用粉碎肉身的方式寻求灵魂的自由与解脱，我们活着的人，无法去评述这是勇气还是怯弱。

是什么压垮了他们？

人活这一辈子，往小了说就有佛家所谓法财侣地四大困境，法是规则之困，明规则，潜规则，学历、等级、资格、制度，样样皆如无形之网；财是衣食果腹之困，此困绵绵五千年，九成之人仅仅为了衣食之计就耗尽了一生；侣是上天特别恩赐的生命行程同路人，还是情是何物生死相许的精神牢狱，给你快乐，就要伴随枷锁；地是安身立命的工作，也可以是赖以栖息的土地住所。当下资本收割之密，失业率之高，房地产印钞机造就的债务之巨，都是生存困境的主要导演，别说区区一渺小个体，就是庞大的超级大国也可能深陷其中难以脱身。

可是即便佛法也道不尽这世间的苦，“刀兵劫”是大劫难不假，但这三个字

远远不如一句“在巴勒斯坦我们长不大”震撼人心，摧人肝胆，全球为之泪下，世界为之动容。

时代的一粒灰，平民的一座山。这座山没有大小之分，都是压没人的存在。

自由，多美好的字眼。可无论在哪里，都有人假借它的名字，犯下难以宽恕的罪恶。区别只不过在于，有的杀伐屠戮，比如战争，你找得到元凶；有的夺命无形，比如双双自杀，你找不到谋命者。

活着那么难，一定有什么我们没看到的东西出了问题。

写在考编还是考研之外

人类社会发展了几千年，作为群居的社会性动物，个人内心深处总想归属某处，这可能是远古的蛮荒部落基因在作怪。想想茹毛饮血的你，黑夜降临，旁边有人能为你生起篝火取暖，远处还有人轮流为你站岗，你是不是顿时觉得那个幽深黑暗的山洞就像妈妈的怀抱一样安全。以前个体面对的是洪水滔天、动物凶猛、异族杀伐的恐惧，到了规则形成教化传播几千年的今天，江湖险恶、阶层坚固、文化规制、养育养老的身份焦虑，都让寻找安全的归宿几乎越来越成了精神的刚需。

三四十年前，对我的父辈们而言，有个单位上班，意味着你是非流民、非氓流的公家人，是绝对瞧不上来自温州小个体户作坊的上门销售小老板的。家就在厂里，娱乐就在厂家，生是单位的人，死是单位的死人，那些游离在庞大的单位之外的社会分子，地位低下，求职求学求偶都会变成球类游戏，人人都能踢两脚拍两下。后来改革开放，停薪留职、下海创业、下岗自谋生路，民营私营的壮大，不但参与创造了前所未有的经济奇迹，连身份的也伴随着走进风雨完成了大市场小公民的转变，能完成交易赚得到钱就是好伙计，没人真正在乎你来自国有还是私企；可风水轮流转，进入新世纪，科技飞跃，企业丛林淘汰加速，资本强势，小公司朝不保夕，进大厂考编制，找一个旱涝保收大而不能倒的港湾停靠又重新回来了，而且愈演愈烈席卷神州。

可毕竟九成以上的人要游离在体制之外讨食吃，再说大厂也并不安全，即使在遥遥领先的某大厂，35 岁也是个坎。最关键的是，如今的单位多是个临时衣食之地，没有精神吸引力，也无法承担家外家的使命。相反，商业社会逐利为本，反而让一个个沦陷其中的个体加速变身游荡的孤岛。

自我解决的办法不是没有。有些人因为爱好凑在一起，比如游泳协会、钓鱼协会、拳击协会；有人因为经历履历挤成一堆，比如校友会、同乡会、股友会、车友会。嘴上说的是玩，心里明白是害怕孤单，如果能加入一个带有官方性质的组织就更好了，平日里多走动，混个脸熟，一旦有了什么麻烦，它能够提供支持。要远比一个人单打独斗有力量得多。

可是问题又来了。一群人凑在一起，能量只要稍微有点大，无心也容易被警惕为有心，宪法明明写得清清楚楚，中华人民共和国公民有结社的自由，可谨慎保守的当地县管官吏们不求有功但求无过的生存法则此时就会上场，说什么也不给你注册。我们又没有宪法诉讼，还没法以违宪提出告诉，这无解的循环题目，究竟是谁出的啊？

眼泪是真理的标准

齐奥朗说，眼泪是真理的标准，大约是在表达他对这个世界的虚伪的蔑视与失望。我们也有一句，会哭的孩子有奶喝，算是中国人混世的狡黠和生存哲学。但有一群人号称世界上最聪明的民族，他们对眼泪的揭示自认为说得更露骨、更真实，眼泪就像肥皂。言如心声，他们果然不负先人智慧，将这句话运用到了极致。

齐奥朗还说，哲学的傲慢是最糟糕的傲慢，因为它搅浑了世界。我也仿照一句，制造的偏见是最恶心的偏见，因为它欺骗了这个世界。

书，还是要看爽的

人间路有万万千，你只能走一条；世上书有千千万，你却永远都读不完。

经史子集、科工艺技、江河湖海、花草虫鱼，这么多类型的书，他们大多数都是别人思想火花的片段，体悟自然的点滴，谋生技巧的学习，生活际遇的碎片。你很难有机会以一个上帝的视角去旁观一个人和你完全不同的丰富一生。那什么类型的书能够给我们打开这样五彩斑斓的神奇窗口呢？是的，你猜到了，只有大部头的小说，史诗般的经典小说。

小说短了，即便精彩，也如同寂寞山村冬夜里一束忽然升空的烟花，它还不足够化开你心头的冷，雀跃不了海底沉船一般的黑，一瞬而逝一闪而灭，很难在你心里留下多少痕迹。

篇幅足够长，才足够去塑造一个人的心灵。

但是大部头的好小说，对作者的要求非常高，如果不能在每一页都给读者一个惊喜，或者一个悬念，或者一个揪心，或者一个共鸣，也就是说，读者的阅读快感很低，那他们很快就会失去耐心，不过几十页，就失去了兴趣，转头就又去刷手机了。

忘掉刷手机，是我评选优秀长篇大部头小说的第一标准。

达到这种标准的，当然不多。我手头这部，《无尽世界》就是这种书。

作者肯·福莱特，通俗小说大师，以前我向大家推荐过他的世纪三部曲。这次的《无尽世界》是他的圣殿春秋三部曲之一。选择推荐这一部，是因为他除了覆盖了肯·福莱特大部头小说精彩绝伦的人物故事之外，还有一个特别的背景设置，就是黑死病大流行下的欧洲，其中封城、遮口等情景令今天的我们触目惊心，要知道这本书出版于2007年，并不是什么跟风之作。

最后提一下，由于小说写得太过吸引人，以至于我特别想看一看原著小说到底是什么样的，所以我这里还有一本他的纯英文原版，也给了我一个学习大量陌生词汇的好机会。

隐性福利我们也有

开学了，在暑假里热议的“双减”政策也开始落地了。“双减”政策的目标很明确，一是降低整个社会主要是家庭的教育金钱成本；二是加大家庭在教育上的时间成本和投入。

前者能进一步提高社会的教育效率。说白了，就是国家这么多年下这么大力气，投入了这么多的钱，好不容易建立起来的低成本的教育体系，却因为大量资本涌入校外培训班，使得内卷愈演愈烈，大大抬高了整个社会的教育投入，小初高教育彻底成了一种高成本比拼游戏。如果再不出手，马上就要走掉入韩国、日本教育泥坑的老路，养不起，学不起，从而更生不起。而后者能更好地建立长效学生筛选机制，让中考高考成为更有效更准确的人才分流机器。金钱上你不需要投入那么多了，但是时间上和责任上需要家庭里面投入更多，能够在这方面拎得清、想明白舍得花费心思的家庭，能够更容易更准确地通过残酷的中考和高考，从而获得更好的高等教育资源。

当然了，进入职业学校的孩子不一定前途就今生暗淡，国家现在已经开始对职业高中进行教学改革，但任重而道远。

不要扯什么以后私教家教盛行，那是不可能的。如果没有机构中介的介入，九成多的家庭教师、私人教师，几乎就不可能有效地对接市场需求，养活自己都很难，而剩下的一成私人教师成本高昂，普通家庭不可能就请得起。

家长们一定要明白一件事，中国教育这么多年最大的优势就是公立教育成本低，质量好。如果你不明白我举个例子。

我以前读《今日美国》做了一些剪报，曾有文章以“20来岁的人生阴暗面”为主题，主要就是讲在美国上大学给学生带来的沉重贷款，直接造成了一个人的人生危机，这已经成了美国社会的一个严重问题。学生助学贷款是仅次于住房贷款的，美国第二大贷款。

美国排名前列的大学学费列表表明，他们的学费基本上都在一年五万美元左右，而且近几年美国的学费每年都在以10%的速度上涨，而热门的医法商这些学科基本上学费都在10万美元左右。美国的父母混得好的，会给孩子提供学费或部分学费；混得不好的，自己孩子都上大学了，父母还在还当年的学生贷款。一般一个美国本科生上完大学，自己的学生助学贷款都在10万美元左右。

而在我们中国上了大学，也有学费，但是比这要低得多，大量的教育资源成本投入都由国家出。如果来自家庭贫困，也可以申请助学贷款，学校还提供很多勤工俭学的机会。一般来说，贫困学生上完4年大学要承担3万元人民币左右的贷款，毕业后分10年偿还，一年只需要偿还3000元左右。

这么巨大的教育成本差距，就是一种公民福利，如果是上了排名前10的大学，学校食堂的饭菜价格之低、质量之好，简直让人吃惊。

作为年轻学生，你有什么理由，不好好地利用这些机会呢？都加油吧。

不想结婚

为什么越来越多女性不想结婚了?

其实这个问题的等价问题是:什么样的女性才不愿结婚?

女人多种多样,高学历白富美、有矿丑、普小康、黑穷丑、白傲娇等,以及上述各种的排列组合,但种类再复杂,她们对于婚姻的选择仍然有规律。

如果和男方结婚,整体收益明显好于自身单身时状况的,比如房子男方解决,男方收入高明显改善生活,又或者男方的整个家庭出身都要高一层,有利于女方家族地位提升,这种情况下,一般不属于我们要讨论的范围,女方这时通常是家里催自己急。

但情况如果反过来结了婚,女方的整体收益下降甚至是大不如前,那如果还选择结婚,就纯粹是为社会习俗和道德认知所绑架,真的不是一个明智的选择。

比如女方本身是一个女博士后,长相普通但温柔,不够风情但知性,在跨国企业月入几万,有闲有钱有见识,有品有才有天地,谈笑风雅颂,往来无白丁。这样的你,一结婚,马上就是锅碗瓢盆洗涮拖,啥也不会,大了肚子还被婆婆背地里说,在丈夫眼里也是一肚子的妊娠纹顶着一张黄脸婆,从单位里面独当一面的单身贵族变成了专职在家洗尿布。你要是稍微脆弱一下抱怨了几次,老公就又蹦又跳,说自己悔不当初,没答应原来那个家里有矿的哑巴美女,如果可以再次选择,倒插门也是可以参考的嘛。

看看吧,身为女性,离开男人我比谁过得都滋润,我干吗要犯贱去结婚呢?

遇到性骚扰怎么办

要回答这个问题，我们需要明白三个字和一个点。三个字是忍、狠、诉。

实施性骚扰一般分三个阶段。一是语言，用语言进行试探性的骚扰，这一般是初始阶段。此时需要你用忍字诀，忍字诀并不是让你一言不发，沉默不语，如果那样的话，反而是在鼓励他采取下一步行动，恰恰相反，忍是让你忍住恐慌，直接地用语言表示拒绝。这个可以根据你的个人风格，要么就轻松些说，哎，别呀，不带这样的，这样一点都不好玩，也可以严肃地告诉他别这样，我不喜欢。有了第一次之后，记住了，以后要给自己买一个稍小的录音笔，但凡有可能和他共处一室的时候就要事先随身携带，全程大声说话，提到他时要带有明显的身份标识，比如某主任、某总等，如果他拿你的学业或职业发展来威胁你，你可以说先考虑考虑，作为缓兵之计，出来之后你就可以给他说你刚才的对话录了音，还做了备份，一般这一步走下来，效果是比较明显的，对方很难再有进一步的行动，这个经验是被证明有效的。我父亲的团队里，曾经有一个刚入职的小姑娘去机场做业务就遭到了机场一个部门副总的骚扰。她的主管也是一个没有这方面经验的女孩，问父亲怎么办，父亲就把我的录音笔给了她，当然还教了她一系列一些小技巧，最后单子不但做成了，小姑娘保护了自己，还拿到了不错的销售提成。当然，这个小姑娘也是非常机灵的，自己就能够临场随机应变。

如果这一步没有做到，或者做了对方仍然胆大妄为，就要开始了下一个阶段：动作。这个时候你也别客气，就应该用狠字诀。口诀的要点是你的回应就是要双手推开，必要的时候一个耳光直接上去，别黏糊，别犹豫，干脆利索，快。这时候还没完，一定要记住，一般女孩扇了别人一个耳光之后，自己直接就蒙了，你可别介，要冷静、迅速地寻找可以用来保护自己的东西，比如烟灰缸，比如办公桌上的摆件，在对方发蒙的时候夺门而出。当然，这可能还要根据场合随机应变。

如果经历了前两个阶段，你的反抗都很模糊，都很暧昧，或者他仍然不知悔改，非要不达目的誓不罢休的话，他就要进入下一个阶段，设局下套。

这个时候，对自己身体的保护是绝对不允许自己和他单独出现在私密场所；对自己权益上的保护呢，就是找人事部门或相关具有话语权的人，展示你所拿到的证据进行反制，必要的时候直接起诉，这就是诉字诀。

有人就笑了，说得轻松，实际情况复杂得很，找一个饭碗那么容易吗？这么刚对自己有什么好处呢？

其实，你不妨朝前想一想，一个敢于实施性骚扰行为的人是个什么样的人呢？不管他多牛，经历多么丰富，复杂职位多么高，他都是一个对自我管理非常糟糕的人。这样的人他的职场前途不会有多宽广，如果他是私有老板，那他的企业也不会带给你多大的成长，不管他是你的客户还是你的上级，你大可不必吊死在他这棵树上。此处不留爷，自有留爷处；各处不留爷，爷自己种树。你都被别人骚扰了，说明你完全有在这个社会上活得精彩的资本，何必犹犹豫豫、担惊后怕的？

酒桌文化

在山东这个好客的省份，酒桌文化实际上谈的是以白酒为媒介的社交，非白酒形不成山东特色的酒桌。现在“95后”“00后”的我们大多都不喜欢喝白酒，如果以后这一代人成为社会的中坚力量，酒桌文化会消失吗？

我的答案是酒桌文化仍会存在，但酒桌文化丑陋的一面会淡出社交视野，逐渐地消失。

导致酒桌文化变丑、变污的主要核心元素是人。有些人没有能力却有权力，面对充满锐气的下属，就喜欢借着酒的掩饰，挥舞权威的棒子，大发酒场淫威；有些人没有正当的途径，却有着强烈的欲望，就容易借着酒的掩饰，达成自己不可告人的目的。这些东西，其实“95后”和“00后”，在台下看得更清楚，对这种低俗的表现极其厌恶和反感，有的人索性一刚到底，坚决不配合。

“95后”“00后”是什么人，刚才说了，和“60后”“70后”“80后”最大的区别是没有生存压力。他们是有购房压力、结婚压力、加班压力，但他们不缺一口饭吃。他们是网络的原住民,不管是网上的社交还是网下的社交,对于他们来说，都不应该是有压力的。“70后”的女孩子在酒桌上眼泪汪汪都要喝，为什么？好不容易在爹娘的辛苦供养下，上了大学谋得了一份工作，如果就因为不喝酒丢了这份饭碗，怎么对得住含辛茹苦的爸爸妈妈？但你要非逼一个95后”“00后”的孩子干了那杯酒，对不起，你可能是自寻尴尬，他大不了不要这份工作了，回家啃老三个月，他们的爸爸妈妈就是“70后”，养得起他，这种事情耳闻的、亲眼见当事人的，我都经历过。

长大了，成熟了，己所不欲，勿施于人。天下的人性都是一样的，他们中的绝大多数人不会去做自己当年厌恶至极的人，当然不排除出现自己受过的折磨非要在别人身上重演一遍那种情况，但那是极少数的变态，不可能普遍化。

现在的年轻人喝高端白酒的也越来越多了，因为人的财政状况的好转，需要用一个东西去表现，但他们喝高端白酒既不拼，也不劝，就是一个快乐平等随意，即便层级上有高低，那种时时以自己的职位或强势地位去压迫别人的做派，或者借着酒劲去做一些龌龊卑鄙的骚扰，早就在他们当中风评为低俗了，自由自愿才是他们的主潮流。你是高层，拿白酒去敬他，他也照样可以拿到一杯果汁客客气气地放低杯子回敬你。你如果计较这个，你这个团队建设就算是失败了，因为没有他们的配合，你也离滚蛋不远了。

和谐还需法治

有报道说，贵州一小区八条狗遛弯时，吃了毒牛肉干，中毒身亡。

首先说说养狗这一边。我本人是不喜欢养狗的，也讨厌养狗的人遛狗时不给狗上狗绳。尤其是当小孩子受到了惊吓，家长向狗主人提出建议时，他们的回答要不就是我的毛孩子不咬人，要不就是他亲你是因为他喜欢你。请问你哪来的自信说你的狗不咬人的，他不咬你们自己家里人就不咬陌生人了吗？你连自己在想什么你都搞不清，你能时时刻刻清楚一条狗在想什么吗？你觉得被一条狗靠近感觉很欣喜、很开心，别人可不这么想。所以归根结底，养狗人之所以不被人喜欢，很大程度上是因为狗主人不能采取合适的态度对待自己的宠物给别人带来的困扰，即便这些狗主人说这些话的时候是满脸堆笑，但他们话语中隐含的意思是

“你们害怕我的狗，是因为你们错了”，如果再加上狗主人的态度不好，遭到整个小区人的讨厌就可以理解了。

对于这类养狗人的态度，我只是觉得比较厌烦罢了。但投毒毒狗，就是可恶、卑鄙、愚昧无知的法盲。

可能下毒毒狗的人曾经被狗骚扰过，甚至被攻击过、咬伤过，但这绝对不是采用下毒夺取狗狗生命进行报复的理由。一来这种人对生命毫无敬畏和爱护，比起养狗人的自私护狗，这种人可以说自私到了极点。如果这种人和人起了冲突，他采用的手段也八成是低级下流的，如果不是法律震慑，别人踩了一下脚，他就敢报复性地打断人家一条腿。二者呢，这种做法也是非常愚昧无知、毫无法律意识的。宠物属于合法的私人财产，采用下毒的方式毒杀宠物意味着非法侵害他人的财产，这最起码是一种违法行为。如果别人的宠物犬要是品种名贵，价格高昂，超过5000元以上的，下毒就涉嫌故意损害他人财产罪，就是刑事犯罪了。不明白法律的去查查法条中故意损害他人财产罪细则，你就明白毒杀宠物的后果有多么严重了。一旦入刑，即便刑期只有几个月，你这辈子就完了，想在银行贷款基本上是不可能的，如果年纪轻、想进体制内，那是门都没有。即便想进私有企业，也没有老板会考虑用这种人。

说得稍微远一点，要是小区里那些自我保护意识差的小宝宝捡到了这些牛肉干，在大人没有及时发现的情况下，误食了怎么办？又或者即便没误食，但是手已经被污染了，舔手又中毒了，这种情况也是可能发生的。投毒者可以漠视狗的生命，但是就这么漠视孩子的生命吗？

法律是最低的道德，连最低的道德都不能容忍这种行为，你还有什么理由在那高声叫喊是因为狗先骚扰了你？在法治社会，恶意的报复和违法没有什么区别。

从养狗这件事情完全可以看出一个城市的治理水平，对遛狗不戴狗套、不拴狗绳的课以重罚，狗主人也就没有那么多恬不知耻的理由去回答孩子受了惊吓的

家长了。同样道理，一个小区竟然能发生投毒毒狗的事件，说明居民法律意识淡薄，其实也属于相当大的城市管理漏洞。

淹死的都是会水的吗

先说两个溺水的冷知识。

第一，溺水的水深是多少？对一个成年人来说，水深只要超过你的臀部以上，就具备了溺水的条件。

第二，对优秀的游泳者来说，在淡水中的溺水的死亡率要大于在海水中的死亡率。

那为什么淹死的大多数是会水的呢？

第一个，也是最表层的原因，有的人对水的恐惧少，去主动游泳的机会就多，但这无法解释为什么很多优秀的游泳者仍然溺水而亡。实际上会游泳，哪怕世界游泳冠军，它的溺水生存能力也并不比普通人强。世界卫生组织给出了一个统计数据，具有溺水生存能力的人只占人群中的5%。

第二，呛水。每当我老妈提出来要带着弟弟去游泳池的时候，我都很紧张，因为他们不会游泳，不知道游泳的危险之处。我从六七岁的时候就会游泳，到现在十几年的游泳历史，让我明白游泳的时候最怕呛水。在游泳池里呛一口含着很多人尿液的水，没有什么，最多就是半天鼻子发酸而已。但很多在游泳池里面仰泳、蛙泳、蝶泳牛哄哄的人物，到了海里最容易出事，因为海浪呛你一口，又咸又涩的海水不仅会引起你剧烈的咳嗽，令你一时无法顺利呼吸。更可怕的是，海浪的节奏，会接二连三地令你呛水，你在游泳池里面再优秀，在这里你顶不住三波浪击，从开始到结束绝对以秒计，眨巴几下眼睛的时间，溺水就发生了。

有比呛海水更可怕的，是呛浑水。洪水就是浑水的典型代表。不管洪水深一米七和水深几十米，几乎没有区别，只要没过了你的鼻子，几乎都是致命的。如果洪水水流湍急的情况下呛水，更是令人不敢想象。

第三，肌肉痉挛，也就是大家常说的抽筋。水温的变化或长时间在水里，身体失温是发生肌肉痉挛的直接原因。游泳时间长了抽筋，大多基本上只发生在脚部，都是小问题，自己很容易解决，但水温一低，就很容易变成小腿抽筋，偶尔还会发展到了大腿或背部抽筋，这时候就非常危险，基本上一发生就丧失了游戏能力。我游泳时两次抽筋，都是我正好就在游泳池边上时，否则后果不堪设想。

这也是为什么很多优秀的游泳者溺水都是发生在湖里，而不是发生在海里，因为他们都过高地估计了自己的游泳能力，在开放的淡水湖泊里，他们就放松了警惕，对水温引起自身身体的反应估计不足，再加上淡水湖里起伏变化大，还有一些不明的水草、水生植物，这些都大大地增加了溺水的可能性。

等　待

法律是滞后于社会现实的，在法治社会这可能是一种社会代价。

河北邯郸初中生被霸凌致死的案件，对于社会心理的影响是深远的，极有可能被低估了。我国的本科以上教育率只有5%~8%，而本科教育中，除了法学法律及相关类似专业,对于法律的学习,是非常薄弱的。作为一个“00”后,在和“80后”“90后”甚至“70后”的交往交谈中，我经常被他们中很多人浅薄的法律理解和法律常识的缺乏所震惊，更别提那些没受过高等教育占绝对多数的人群。

换句话说，绝大多数人群对公平正义的理解是朴素的，对法律的尊重更愿意倾向于建立在结果之上，符合他人内心的期望非常重要，对司法者及相关人士口中的专业叙事方式并不感兴趣，比如“法律的尊严来自严格遵守”“刑法从旧兼从轻的原则是为了更好的保护人权”。如果结果不符合大众预期，可能不但不能很好地进行普法教育，极有可能适得其反，进一步削弱法律的尊严。

看看网络上评论区中的留言，得到高赞的，都是因为说出了大多数人心中最基本的价值观，诸如“此次判决结果，将决定我教育孩子的态度方式”“为什么他们犯了罪，却要受到保护，而我什么错都没有，却要长眠于此”，“请不要放过那三对父母”等。

即便经由此案后，刑法和未成年保护法相关条款得到了补充修正，在实践中确实能够起到保护未成年的受害者，而不是未成年的施害者的效果。小光同学的鲜血，往小了说，对立法、司法都是一个教训；往大了说，将会在法治史上留下了一道扭曲深刻的伤疤。

假性性感

为什么有些人会觉得老婆是别人的好？一是因为新鲜感；二是别人的老婆在你面前理性、温柔，没有负面情绪，这是最关键的。

同样的道理也适合女性看男性。都说健身房乱，就是因为女孩们很容易用健身教练不急不躁、耐心温柔又充满力量感的假象来搞乱自己的判断思维。在那么近距离的身体接触下，大量的荷尔蒙分泌，自然很快就会让人迷失情感的方向。

形容这种情况，有一个专门的词，叫作假性性感，pseudosexy，也叫伪性感。

一个德国女孩曾经跟我说过，她喜欢去中餐馆看厨师炒菜，那厨师工作起来专注从容平静的样子，让她深深着迷，就像大师在作画一样，完全是一种艺术创作。为此，她交往了两个中国厨师做男朋友，结果都是很快就分手，因为在生活中，他们那种美感消失得无影无踪，她每次都很失望。

我也有过类似的经历。一个男孩喜欢上了我一个闺蜜，他们发生矛盾的时候闺蜜有时不好出面，经常由我来出面进行协调化解。久而久之，男孩竟然对我产生了强烈的依赖感，我能感觉到他见我的时候那种暧昧的情感，他太没有主见，所以才容易对这种有着温柔又耐心、和他有着距离感的人产生好感。而我当时呢，也能感觉到他迷人的一面，也认为这确实是一个心里不错的男孩，因为他最脆弱、最触动人的一面让我看见了，这些都是容易让人迷失的情感假象。

最后我决定对不起闺蜜。我对这个男孩说，你对我的感觉是一种认识上的偏差，因此你不要有心理负担。但是，我认为你对我的闺蜜起因也是如此，只不过你们已经确定了恋爱关系，才让你陷入情感漩涡中，误以为你们就是真正的爱情，

她对你，其实就是一种贪念，利用自己这种所谓异性魅力产生的性感来吸引你，你喜欢的是假象，而这个假象带来的事实已经给你很多痛苦了，你没有必要再执着了。

这个男孩虽然单纯些，但他不傻，很快他就想通了，快刀斩乱麻，把一切都结束了。

其实，只要是性格上没有明显的偏激瑕疵，任何一个女人或男人，你近距离接触的时候，他/她都或多或少有着令人称赞的一面，或者耐心，或者理性，或者温柔，或者贤惠，或者睿智。如果对方是异性，这时候你就很容易产生男女之间的好感，也就是假性性感。如果这时候你恰好有条件，让自己这种想象之下产生的贪念欲望变成现实，带来的后果大多都是破坏性的，除非你们两个都是单身，没有继续发展下去的危险。

喜欢明星也是这种假象。他们塑造的角色怎么可能像他本人一样真实复杂呢？你要是真痴心妄想和自己的偶像怎么着了，他绝对会等你一辈子。想和我恋爱，等下辈子吧。

被假性性感吸引很正常，但他再朝前一步，就是畸形的贪念了，因为想拥有，想独占。《金瓶梅》上所说的妻不如妾、妾不如偷、偷不如偷不着，算是反方向的一针见血的认识了。

认识到这一层最大的好处就是，能够从容地和其他的异性打交道，尤其是对方是一个有魅力的异性时。男女搭配，干活不累。充分利用这种异性合作带来的高效率，同时又能自动对他的魅力产生屏蔽。哲学上有一个词叫祛魅，说的就是这意思。凡所有相皆是虚妄，若见诸相非相，那你就是象棋高手了。世事如棋，你就能下得好自己人生这盘棋。

唾面何须自干

生活和网络中，相信我们都不止一次碰到这类人，他们单方向地批评你可以，一旦你要回复这种批评，就是没有风度，就是不能唾面自干，不够成熟。他们通常的语言范式是：小鬼，你还嫩啊！

“唾面自干”这个成语出自于唐代一个宰相娄师德。他弟弟要去做省长，他就问他弟弟怎样才能把官位坐稳啊？他弟弟回答道，要是有人把唾沫吐到我脸上，我擦掉就是了。他说，不行，擦掉说明你在告诉对方你生气了，要等着唾沫挂在脸上自己干掉。

乍一听好像有小不忍则乱大谋、忍得胯下之辱才做得成大事情的意思，是面对侮辱，为了顾全大局，隐忍到了极致的表现。

可是仔细一想，还真的无法认同这种被非常多的人推崇的大智慧。

首先，一个人在受到当面强烈的人格侮辱时，还能不反击，说明反击会给他造成巨大的损失。为了这种他非常看重的利益，他将会在背后付出巨大的心理成本去化解这种屈辱。如果他经常利用这种模式去做事想事，可想而知，久而久之他的心灵扭曲程度会很大，甚至成为变态也不为过，这对他本人和施害者都是一种巨大的隐患。这种心理几乎不可能带来正向、正能量的人生导向。在这种心理支配下真正做到宽厚待人、仁爱无敌，无异天方夜谭。也许之后的那种报复反噬，会将他自己和实施侮辱者一起摧毁都说不定。

其次，唾面自干，无异于在鼓励施害者变本加厉，得过进尺。你的隐忍，别人也看得出来。斩草除根式的实时警惕，对对方来说是再自然不过的选择了，这是丛林社会下的人性必然，忽略这一面，才是不成熟。

最后，唾面自干，在实际操作中，对 99.99% 的人来说和另一个成语——自欺欺人几乎等同。

唾面自干是劝解别人时候用的。如果事情发生在自己身上，算了吧，10 个人，会有 15 个人做出激烈的反应，因为还要拉上自己的爸爸妈妈老公孩子一起开干，哪里有什么唾面自干？是唾了面，流血也要开干。

最可笑的是，这些常常持唾面自干为成熟标杆的人，最喜欢批评别人。如果别人不接受或者是稍有辩解，他就不爽了，忘了是自己先让别人不痛快的，随之，不成熟、太急躁、没水平等各种帽子，他就扣过来了。

说到底，很多人到了一定年纪就觉得自己成熟了，其实是退缩了，他在和世俗的斗争中并没有取得什么成果，更多的是畏畏缩缩地害怕了。开始拿着古人总结了几千年的智慧，朝自己的心灵上硬靠。在网络上打嘴炮可以，一旦事情真发在自己身上，通常都是搂不住，原来的样子，该怎么样还是怎么样。

这种虚伪的成熟，要看到他心里去，别惯着他，这样反而能催着他真正的成熟也说不定。

不必读名著

有不少朋友跟我说过，很多名著，他们死活都读不下去，一次次拿起来，一次次放下，一般都在前 10 页晃悠，是不是我就是天生没文化呀？

其实这些朋友太把名著当回事了。不光是普通人，就是著名的作家，在这方面也没有比咱们强多少。列夫·托尔斯泰就认为莎士比亚的所有书都惨不忍睹，不忍卒读，只能算四流的作品。洛丽塔的作者纳博科夫，就认为弗洛伊德的作品。无聊乏味，一派胡言。法国人集体吐槽死活读不下去的就是称誉世界的他们本国大家普鲁斯特的经典《追忆似水年华》。中国人里面也有相当部分人，看不下去《红楼梦》，一看就睡觉。

我本人就对莎士比亚的书读不下去，抛开连篇累牍的舞台戏剧化的个人独白让人不舒服之外，并算不上出彩的故事加上脸谱统一化明显的语言，真的很难让人产生阅读的愉悦。倒是他的十四行诗和长篇叙事诗。要比那些戏剧有趣得多，叙事明白、情感直接、语言炽热，有的还带有一点点的颜色味道，很有一些原生二人转的生猛意思。看来舞台要想留住观众，生态环境都差不多。

在《查理三世》中，莎士比亚甚至不顾事实、不顾一切地抹黑这个历史上善良仁慈还颇有政绩的国王。这和他的立场有关，因为莎士比亚站队在英国红玫瑰王朝，和查理三世属于红玫瑰王朝的死对头——白玫瑰王朝。

其实名著无非就是讲人性的善与恶、人群的悲欢离合，以及金钱财富名利的怪圈，只不过表达方式要深刻些、奇特些、巧妙些。耐着性子读名著唯一的好处，就是吹牛的时候，你说的仍是你心中的意思，但是引用的是名著里面的句子，别人就不得不同意你，无法反驳你，写作文你能得高分，搞辩论你能赢。

这也给我们提供了一种阅读的方法，首先要选那些真的自己能读下去的书，反复地读多次读，温故而知新，肯定收获不一样。在那些读不下去的名著，我就建议专找那些所谓的格言式金句，摘抄下来多看几遍，拿出来唬人是很有作用的，最关键的你没浪费买书的钱。

说到底，成人的阅读和自己的体验息息相关，非常个人化。如果你读不下去，说明你真的无法和他产生共鸣，就别读了，你对他不感兴趣，他也不想和你做朋友，如此而已，和文化不文化没有半点儿关系。

一颗红心，两手准备

见女朋友的父母要做什么准备呢？作为女生，我从女性的角度来拆解拆解，也许对你有帮助。

其实，这个问题的实质是怎样才能给女朋友父母留下好印象，让他们够放心地把自己的女儿嫁给你，从而走好第一步。

这里面要分技巧准备和核心准备两个部分。

技巧性的准备，相对简单。总结一下有下面几点：第一，了解他们的背景。未来的岳父母是公务员、事业单位还是企业人员？文化层次如何？有什么特殊的职业从业经历？了解这些问题很重要，因为他决定了你和他们交谈时的内容针对设计，只要是人，都更喜欢谈论自己，尤其是那些认为自己的过往有很多令自己骄傲之处的人，更是如此。了解了这些背景知识之后，你自己要拟定至少五个是关于他们自身的情况的问题。比如，叔叔听说您做过跳伞兵，我特别羡慕当过兵的人，你能给我讲一讲有什么事情让你特别印象深刻吗？又比如，阿姨，您做老师这么多年，是学习好的给你留下的印象最深，还是长得好看的学生您更喜欢？选这种问题的标准是一定要找出那么一两个能够勾起他们话匣子或讲故事欲望的问题来。比如，询问他们你的女朋友成长中特别让他们难忘和骄傲的体验。总之，在这个问题上，有你女朋友这个绝好的卧底做帮手，你不要浪费了这个机会。

第二个技巧性的问题是穿什么衣服、带什么礼物。所以你可以直接问你的女朋友。如果女朋友没有更好的主意，有领子的衬衫、商务休闲的裤子，是比较合适的打扮。中国人去看未来的岳父母，各地有各地不同的礼仪，但烟和酒大概是通用的，此外可以加上一束花和一个花瓶，不用贵，雅致就好。

第三，理个发，洗个澡。

第四，当女朋友向他的父母介绍你时，你一定要露出笑容，双眼直视他们的眼睛，这是一次很好的表露内心温暖善良的时刻，很短但千万不要浪费。

下面就是核心的问题准备了。

那就是你能不能照顾好我的女儿?

这个问题其实大概率不会在第一次你们见面的时候就被提出来，但人生总是有很多意外，如果你的经济情况足够好，这个信息他们在见面之前肯定被你女朋友早就说过 800 次了。但如果这一条上不能让他们放心你，没人能担保，他们会忽然发难，因此，你必须准备根据自己的情况如何回答。如果你俩的情况足够你从容地应对这个问题如实讲就好了，没有问题。但是未来的岳父母比你年龄大那么多，他们都是老油子了，你们会过成什么样子，他们能够看一个大概。所以当

真的被问到这个问题的时候，你可以参考下面这个通用模板：

叔叔、阿姨，可能我们俩现在的情况有点让你们担心。我自己是有信心和 ×× 在一起，把我们未来过好的。我虽然年轻，但是我经常观察我的父母，还有长辈们的生活，也经常向同辈们的优秀者学习。有一个很重要的问题，我发现他们中大部分人可以说是绝大部分人都忽略了。就是他们都在用一种努力获得更多，来让自己的家庭家人幸福。当然这样做很好，但其实还有一种更合适年轻人让自己家人幸福的方法，就是多琢磨。怎样立足当下、不急于追求物质条件下增加幸福感的方法。

比如，我们结婚了，情人节来了。我不会在情人节当天去请 ×× 吃饭，送她一大堆花。我会在情人节开始的一周，一天送她一朵花，这样花费更少让 ×× 心情愉悦的时间会更持久一些。如果有两个好消息，我会一天告诉她一个，这样可以高兴两次，快乐加倍。当然了，我也完全不拒绝第一种方法，两种方法我都会采用。幸福需要经营，需要实用的技巧，不能只放在钱上面，还要放在心思上。

这个话你说出去了，可能你的老油条岳父心里冷笑一声，我信你个鬼，但是能够大概率在你的未来岳母心里种下一棵草。

代　沟

一日，读袁枚《随园诗话》，中间有文云“古英雄未遇时，都无大志……得志时气象迥异”，心中颇有同感。原来，我没有什么大的志向，还是因为没有识货的人给我好的机会。

和父亲闲谈时，我聊到了这一段。父亲沉吟了一会儿说：“也不一定吧？毛泽东 13 岁就写出了‘春来我不先开口，哪个虫儿敢作声！’周恩来也是不满 14 岁就立志‘为中华之崛起而读书’，这不都是少年英雄心事拿云的好例子吗？”

我心中不服，却一时又不想反驳。父亲觉察到了我的不开心，话锋一转说：“你说的也没毛病，因为多想一步，无论一个人从小是否立下远大的志向，他当时的想法都与他的个人成长是同步的，能不能直面他自身经历的痛苦，能不能做到豁达对待世间的坎坷磨砺，可能才会最终决定一个人的生命格局和境界。毛泽东最后成长为毛主席，志向当然有它的重要作用，但革命的生涯对他的价值，我个人认为更重要。”

我失去了交流的兴趣，父亲也感觉出了代沟，就停止了说教。

2022年高考作文戏作：《父亲》

“我是祖传的不长白发。”

“幼稚！有点常识好不好！”

这是他最常说的两句话。前一句用来代表他家族基因的优秀；后一句用来表明他在自己妻子和女儿面前的骄傲。

整个小学和刚上初中时我和他很亲密，觉得他是渊博、力量和智慧一样的存在。我崇拜他，他很得意，总是在满足我的不合理要求后，当我面来上一句，“唉，疼儿不叫儿知道啊！”

初二之后，我觉得他好烦，明明啰里啰唆、絮絮叨叨，在他嘴里就变成了“苦口婆心”，解不出数学题非得说是“智者千虑了”“当年做这个就像吃糖豆一样简单”，说这个的时候还腆着脸着哈哈大笑，真是油腻！一个大男人，研究给孩子做饭算什么本事？

上高中后，他数学上的说辞又花样翻新，“都是套路”“年纪大了忘了而已，对不起母校了”，嘴上虽还是一般的硬，心里却怯得只敢“指导”语文了，仿佛他是高考作文满分作者似的！“幼稚，没有生活。”“你妈说得太空，没有常识。”终于有一天，我咆哮着回嘴：“你全是说教。”“你也不是什么成功人士，没啥本事，说什么遗俗之累。”“我拖累你了，我走好了。”他青筋暴了，打了我一巴掌，我们的关系自那天后再也没自然过。

他不再当面过问我学习的事，晚自习后也常是沉默地一前一后。妈妈说他其实常常偷偷看我的练习和试卷，网购和我一样的辅导书悄悄研究。我早知道，他是白费工夫，但我不想表示什么，不用花大段时间在我学习上，他厨艺倒是又长了一层。

他找各种理由和我套瓷，但我的态度让他欲言又止，他最终放不下架子，这一点上，我完美地遗传了他。

好长时间过去，高中快毕业了，我才发现他好像比以前沉默了好多，妈妈说他的公司恢复的情况不太好。不过，我没心思关心他，高考要来了，太紧张。

一天我临时回家，家里很安静，拿了东西要走的时候才发现他竟然躺在我的床上睡着了，蓝色的枕头上，一撮白发分外显眼。

我眼有点潮，是的，祖传的不长白发的白发。

“爸爸，我错了。”一个下午我都心神不宁。

晚上偷看他的朋友圈，发现他其实还是那么絮叨啰唆，只是转移了阵地。

“人过知命，就是知道天不降大命也一样苦你心志。”

“财有十条路，九条人不知。”

“一个男孩什么时候变成男人？一是做了人夫，一是为了人父，前者是生理成熟，后者是心理成熟，我以为自己成熟了十几年了，没想到还是没熟透。”

我的泪水夺眶而出。

我定好闹钟，特意起早做好了蹩脚的早餐，见他醒后，跑去叫他：“老头，吃饭了。”

他一愣，很快恢复了常态：“尝尝。”

听到他悄悄和妈妈说：“这丫头片子，死倔，真随我。不过高中就是神奇，一毕业就长大了，成熟了不少。”

我不知道这算不算成熟，我只知道，成熟里面一定还有一条，就是看明白了那个叫父亲的男人。

万事不如好书

假期你准备怎么过？是出去呢，还是待在家里？出去旅游，黄金周早就有一个残酷的定理：生活就是眼前的苟且和远方的公厕。有网友一首诗为证：一二三四点，到处都是人的脸，总共五六七八天，飞入厕所都不见。

那就待在家里，可是电视无聊，追剧太丧，充电太累，刷屏浪费。

刷屏浪费什么？浪费生命啊！拿起手机刷了一天，感觉好像很快乐，每一两分钟都有一次不错的精神体验，还好像明白了很多道理，甚至心里面有一种跃跃欲试想要大干一番创业的冲动。可是放下手机，你的冲动又找不到出口，放眼现实，还是茫然无措。

这是因为短视频本质上还是一种娱乐，而短短几句话传达的道理本质上就是大路货，大路货就是谁想想都能明白，它不值钱。

那句著名的互联网之问早就说了：为什么我明白了很多道理，却还是过不好这一生？

因为很多人欠缺长时间阅读带来的专注力和思考力，而这两者能够极大地提高一个人的执行力和他自己的人生目标定位。

可是很多人少年时代错过了这样的机会，工作成家之后又沉不下心来进行长时间的阅读。

有解决的办法没有？有的。

选择那些阅读快感高的书来读，是最直接、最有效的方法。

什么叫阅读快感高，举个例子，很多人都喜欢看小说，但九成的小说其实都不怎么样，要么读得太累，要么可以随时放下，既勾不起你的好奇心，也启发不了你的思考共鸣。而金庸的小说却有这种魔力，一旦你拿起来了，你就放不下了。

小说里面能达到这种水平的，真不多。自从我开始看金庸之后，只要有空，我一直都在寻找类似这样的小说，很可惜，能够达到金庸小说阅读快感的七八成就是很不错的小说了。

去年暑假，我遇到了一套书，它让我重新获得了阅读金庸的那种兴奋不舍和废寝忘食。

他的书从不用文字和新奇的结构吸引读者，他的 20 部小说从来不这么玩，他的每一页都在琢磨读者想要什么，读者想听什么，几乎每一页都有故事发生，在什么都推崇轻快短的新阅读时代，他的书却靠着引人入胜的故事，用鸿篇巨制创造了小说出版的神话。

他就是英国现象级畅销小说大师肯·福莱特《世纪三部曲》的第一部《巨人的陨落》，又分上中下三卷。在书中，福莱特创造了一个既熟悉又美妙的世界，用一种纯粹的阅读乐趣让你根本放不下这本书。帝国的衰落、英雄的崛起，以及震撼人心的真爱无敌，宏大场景和个人命运完美交织在一起，读者的代入感非常强，绝对的高峰阅读体验。

五年前出版的书，到今天它的价格已经非常具有亲和力了，我喜欢高性价比。假期五天，选择它，真是再好没有了。

恋爱三大难题

恋爱中的三大难题是什么呢？

第一是稳不稳定关系。青年男女哪个不善钟情，哪个不善怀春？在经过了近似本能的热恋期之后，就要面对你和他的关系是否稳定下来的问题，这实际上是在问你自己，你是不是在内心里要严肃地对待这段关系。双方要抛开热恋时的一切，有意无意的外壳和伪装，以原本质朴朴素的面貌去重新相处，目的就是为了看这个人真实面目到底是什么样子？原来你喜欢他和他交往，是因为他高大帅气有钱，和他稳定下来之后，再通过共同的出游社交等一系列活动，你却慢慢发现，他控制欲很强，他要支配你的一切，热恋期的时候你不在乎这些，或者是他表现得一点都不明显，但进入稳定期之后，这些都会被慢慢地暴露出来。一句话，进入稳定是为了给发现这个人的品质和你的品质是否匹配创造时间。

第二，稳定下来之后，当然就要看这个人原本的自然品质和你是否匹配。一定要记住，爱得眉开眼笑，是因为你对他还不足够了解；爱得深沉冷峻，才是因为你对他有了足够认识。比如说第一点谈到这个人是个控制欲很强的人，他要支配一切，而恰恰你是一个没有主见的人，你很享受被计划被安排，那没有问题，你们真是天作之合，当然这是极端的例子。大多数情况下，你们在这个阶段会发生很多冲突，而这些冲突不是重点，重点是你们之间是怎么来解决这些问题的，他解决这些问题的方法让你舒不舒服，甚至让你得到学习、得到提升，你对他的感情就会加深，在你内心里，你当然会觉得你们的匹配度就更高。如果事实恰恰与此相反，那到这一步为止，你就要认真地考虑你们的关系需不需要继续下去了。

第三，如果上述第二点你得到了肯定的回答，那就要面临最后的问题，要不要走进婚姻？走进婚姻远不是稳定地相爱那么容易，也不是三观高度一致那么简单。作为中国人，在这方面考虑得要多一些，复杂一些，尤其是来自经济和物质方面的考验。简单来说呢，婚前你们能够为未来的家庭准备的经济和物质基础，能不能接受住这个社会的文化观念冲击和双方家庭的担心，你受这个社会观念的影响有多大。如果你们并不担心别人的眼光，世俗给你们增加的压力，那你们真是神仙眷侣，大胆地走向婚姻吧。但如果你们像大多数的俗人一样，有着这样那样的世俗方面的考量和羁绊，比如房子、学区、、别人的眼光、攀比，而你们双方一起根本无法克服这些东西，那你就要考虑，现在和他走进婚姻是否是合适的时机？

怎么找个婚后不吵架的人

怎样才能找到一个结婚后还能让你舒服的人？

这里提出的小建议，来自我多年网络溜达的精华邂逅，效果很好，算是给朋友们的一个小礼物。

刚才指的是这样一个问题，有什么方法才能事先大概率地避免找错了人，导致婚后因为琐碎的家庭小事就闹得鸡飞狗跳呢？

美国两个行为经济学家，Andrew Francis 和 Hugo Mialon，在研究过大量的婚姻后给出了一个结论：那些喜欢做琐碎家务或细节处理能力强的人，对方的婚姻幸福感最高，但他们没给出事先怎样观察对方是不是这种人的方法。

我给出两个观察的小方法。

一、看他喜不喜欢钻研小东西，尤其是细节上很麻烦、流程多、费时长才能

完成的事务。如果对方是女性呢，就看她是否先做家务，打扫卫生，收拾房间，麻烦不麻烦，这一点是观察一个人对自己控制范围内的事情有没有耐心。

二、看他是否对忽然改变的计划和行程，能够从容平静地对待。比如，一同出去旅行，刚开始就有意外的事件，要导致计划中断，这时他的反应是烦躁，嫌麻烦，牢骚不断，还是很快就自我恢复到常态，这一点是观察一个人对自己控制范围外的事情有没有耐心。

当然不要把这个事情简化成一个人的耐心如何，因为耐心只是一个模糊的概念，两个人相处还是需要自己在很多细节上去把握。

好故事的标准

怎样才能算好故事?

看小说、看电影乃至看人生，现在大家都有了一套自己的逻辑。尤其是网络社会，各种小段子横飞，哲理的、人性的、用情的、耍怪的，看多了，很多人也好似有了自己的心得，言必称人性，语必谈哲理，赋人格，讲格言，以为这就这是故事的目标或好故事的法宝。

其实这类朋友真的没有好好研究过怎么才叫讲故事，什么叫小说，什么叫吸引人的小说。深刻这东西，是个有些岁月阅历的人就能要的，编故事编得精彩可就不是什么人都干得了的了。举个例子吧，现在华人圈最会讲故事的人当属金庸。用倪匡的话说，活着就靠码字儿发大财并拥有过亿读者群的人，古今以来只有金庸。

金庸写的是什么小说？武侠。在无知人群中，算是小说偏门了。无独有偶，美国也有一个这样高人，靠写小说拥有全球读者群，发了大财并有无数部小说被改编成电影的家伙，斯提·芬金，他写的什么类型？恐怖小说！够偏吧？

低劣的编者(谈不上是作者),通常是这么个模式,我想讲人性中的贪婪,那好,然后就绞尽脑汁去编一个故事去表现贪婪，集大成者是以前的《读者》之流，现在则属微信里的心灵鸡场不分昼夜煲出来的心灵鸡汤。

就拿斯提芬·金小说改编的经典电影《肖申克的救赎》来讲吧，怎么表现安迪旁人不觉的过人意志呢？

安迪夹在一群刚进监狱的菜鸟之中，瑞德因其长相富贵羸弱，押注他是入监第一夜第一个受不了哭喊出来的。结果瑞德错了。全部过程，只有瑞德说了一句话：他刚进来便让我输了两包烟，整个晚上他一声未吭。

多少精彩的开场讲述！胜过一切关于意志的辞藻渲染！安迪冷峻的形象已跃然脑中。

金庸的小说看似没有这么电影镜头式的叙述，但却有一样的精彩表达。

《飞狐外传》第一章大雨商家堡，苗人凤携三岁幼女终于追上和田归农私奔的妻子，面对打破天下无敌手的苗人凤，田归农早已全身筛糠，但苗人凤只等妻子回身抱了女儿跟他回家，他没有等到，一言未发，天下第一的苗人凤走了，抱着女儿，大雨中头也不回。

这样的场景绝对是第一流的语言叙述，堪比奥斯卡金像奖的最佳镜头。

看电影时，如果在第一幕的前三个场景不能发现这样让你心动的叙事镜头，可以毫不客气地说，这个编剧是个二三流的，即便他用了世界上最深刻、最哲学的方式在告诉你什么，也只能证明他是个失败的故事讲述者，可以直接关掉。

小说也一样，如果在第一章就给你玩深沉整哲理，说明这作者文字未通，别浪费脑细胞了。当然，卡夫卡流派的除外，那时因为他本来很吊，但是为了照顾烧饼们的智商，只好变形，装。

视死如归的懦夫，爱夫如子的愚妇

在美国“迷惘的一代”电影横行时期，经常能看到的场景是，年轻气盛的人们携车悬崖，距离断壁几百米外，两辆车马达轰鸣鬼啸，齐向悬崖奔去，如果谁在即将坠落之前先行跳出车外，谁就输了，将被众人视为懦夫。这种疯狂的肾上腺游戏自然是绝佳的观影桥段，香港电影人后来抄袭时一点都没客气，他们让演员吹着流氓哨、穿着流里流气的喇叭裤（那时叫时髦），两车相向而驶，即将碰撞之前谁先扭头谁是娘们儿，从里到外，从头到脚，迷惘、颓废，学了个十足十。

小孩子看到这些，自然在主角必胜和电影高亢的音乐误导下，直接就把这种永不跳车、永不妥协、永不退后的英俊小胡子男主角当成了英雄。等长大了，读了《三国演义》，忽然发现不对啊，刘备整日价涕泪滂沱，动辄就以头抢地，要不就面对困境如丧考妣，哭诉流离，是典型的先跳下车的货色啊，怎么反而成了青梅煮酒的大英雄大豪杰了？当时将此疑惑和父亲讨论，父亲说怎么不是，一般人谁能像他那样，装穷装弱，一哭二闹三上吊，人家心一软，也就啥都不较真了。口头上被人挤兑两句算什么，便宜可都被刘备占足了，这实际上和“卧薪尝胆”一个意思。怪不得以前经常听奶奶说谁谁“哭得跟流背嘘死”，总是搞不清什么意思，认了点字才明白，原来说的是“哭得跟刘备也似”，可见刘备示弱大法在民间早已是深入人心，甚至都影响到了方言的表达。

这样的解释当年自然是让我心服口服，尽管这和孔武伟岸的英雄形象也差得太远了。时间是女人的杀猪刀，却是男人的磨刀石。如今我有了一点浅薄的经历，这样的答案又开始变得没有说服力了。

在终生患有严重精神分裂的纳什获得诺贝尔经济学奖之后，大多数国人才开始了解“博弈论”，纳什的博弈论，比之我们历史上著名的“田横赛马”博弈当然要复杂和艰深得多。两车竞赛其实就是博弈的一种——“懦夫博弈”。在悬崖跳车这种简单的懦夫博弈模型中，最疯狂的一方天生的就是最可能的赢家，显然越是理性的人越是可能输掉竞赛，因为评判规则也很简单。粗野、不顾一切、不计后果的人虽然天生领先，但并不意味着他一定胜利，如果另一方能够成功地在事先让对方以为自己比他还抓狂，那么只要他还想保留生命，你就完全可能险中求胜。

现实中的“懦夫博弈”随处可见。简单的，有两人对打，或者两人围攻一人；复杂的，有被民族主义、民粹主义者们推到风口浪尖上的德国和以色列，以是否反犹为标的的“懦夫博弈”几乎把双方官方推到了骑虎难下的两难局面。

两人对打，在双方实力相差不是非常悬殊的情况下，豁出性命一搏的人最终将获得优势，民间向来有“横的怕愣的，愣的怕不要命的”打架真经。如果你不幸被两人围攻，“懦夫博弈”可能会使你走向两个极端。你要是一味学习刘备，遭受到的极有可能是更加密集的拳头；如果你抓住对方两人中较弱一人，在保护好自己头部、胯下不受击打时，集中火力给予其致命打击，另外一人很快就发现如果他不停止向你进攻，他的同伴将会被他背着返回，闹不好还会丢掉性命，这个时候你已经成功将绝对劣势扭转为相对优势。哪怕你浑身成了血人，也不要“一英战两雄”，一会儿打打这个，一会儿打打那个，那样结果就惨了，被群殴的结果将会成为终生的耻辱烙印。街头的打架高手无不深明此理，往往能够反败为胜，当然了，如果对方是三个人，我劝你还是撒腿就跑，因为没等你“懦夫策略”生效，其他两人已经彻底摧毁了你的战斗力。

只要是博弈，就存在最佳策略和最劣策略。上述的例子中，最次策略显然是双方都是亡命之徒，结果自然是两败俱伤，但仍然存在寻求最佳解决方案的可能，当然这需要视时而行。如果双方都具备一定的理性判断能力，互相示弱是最被大家乐意看到的选择。中间的选择自然是开打，上面的例子就是中间策略选择，但偏向于弱势一方。

一种理论模型尽管简单明了，但应用时绝没有现成的答案，还是那句行内老话，“理论模型当然不是万能的，但没有它万万不能”。

没有对这种模型的认识甚至是最原始朴素的认识，你面对困境时就可能少了多种选择，但有了它，也可能增加你犹豫的机会。

不少的女人，就经常因为缺少对此的认识犯了糊涂。

我们的女人爱子如痴，有个共有的特点，就是总避免不了拿他和其他孩子比较。如果自己孩子优秀，自然要有意无意炫耀一番，至于人家难受与否，则很少顾及。自家孩子若落后于人，则心有不平之外，很少有人能免得了不咬牙逐流，各种学习班盛行和此心理大有关联。

但很少有人注意到其实女人们对自己丈夫同此如出一辙。

丈夫无论优秀窝囊，世间总有比你老公更出色的人物，这时很多女人便犯上了拧，嫌老公没能力，怨男人不争气，将自己可怜的孩子他爹置于一种可怕的博弈困局。

在这种困局中，一方是丈夫，一方是外界无穷的方方面面的成功传说，代号谁谁谁。你的男人可能在这次比较中胜出，但不可能永远在下一次竞赛中仍是强者。换句话说，在这场隐形的懦夫棋局中，由于外面的世界运行既无理性又无规律，它的法则永远粗暴、无理、强大，相对于它，几乎任何男人都是天生的劣势一方，所以在这种棋局中，没有双方示弱的最佳方案可供选择，但却有更好的办法去解决，就是跳出棋局，要无赖，不参与这种自我设定的博弈困境。让自己止于一种半吊子优秀，或者干脆窝囊到底，反倒可以快乐一生。

那有没有像打架那样的变劣为优的策略呢？

有，那就是你比世界还疯狂，如果你能做到比外界设定的规则更无理、更粗暴，你就拥有了胜利的可能。当然，代价是巨大的，所以很少有人能创造潮流（这和“敢”是两个概念），来一个山高人为峰。当你的男人做到这一步，恭喜你，你被他抛弃已是注定的了，因为是你把他逼疯了。

看起来这种逻辑非常荒唐，这个世界这么荒唐，要不荒唐，你能正常吗！

千万别对女人动情

转眼又要到春节了，不知道那些娶了外地媳妇的年轻人是不是又要头疼一番。“回谁家过年”虽然是老生常谈，大众的新闻口味虽然一如既往地喜新厌旧，但并不因为话题的陈旧就意味着它已经完美解决了。“年年岁岁人相似，岁岁年年吵不停”，比个家庭贡献，争个门户长短，就为了“和自己父母过年”这么点破事儿。个中原因，网络电视广播都有探讨，但都属于教授岸边评插秧，纯属法螺胡吹八九十，调儿边都不沾。倒是一个农民老大爷说到了谱上：“还不是因为新社会尊重妇女讲地位？”

翻翻人类历史，每一次女人社会地位的提高，几乎都是工业科技文明的衍生产物。19 世纪末，工业革命后的工作需求给了妇女大量的走出家庭走上社会的机会，女人的权利诉求心潮逐浪，女权运动成了气候，也获得了成果。到了 20 世纪 60 年代，美国人更是把这运动玩到了极致，席卷欧美两个大陆的性解放运动给了女人最大程度的人性解放，女人们有了空前的自主选择权。说到这里，我就要顺便告诉一下那些提起“性解放”就深恶痛绝苦大仇深的女同胞们，性解放最大的受益者不是那些流氓无赖伪君子，就是我们！我们才是“性解放运动”最大的受益者。因为连性这种原本是男性附属品的东西，女人们都可以自主选择了，其他关于女人的人性解放与尊重被写入法律制度才第一次成为可能。

女人们获得今天的地位很是来之不易，正因为如此，就不要滥用这种老天爷的恩赐。离婚权、抚养选择权、孩子姓氏权、同工同酬等等几乎各个方面都给了她们和男人同等的地位，可她们还是要变本加厉地得寸进尺。

不看看《诗经》那时的女了是什么样子吧！

“士与女，殷其盈矣。女曰观乎？士曰既且。且往观乎？洧之外，洵訏且乐。维士与女，伊其将谑，赠之以芍药。”

那个年代的爱就是纯粹的快乐，尤其是女子，比男子要热烈奔放得多。

刚看到这个的时候我差点疯了。

遗憾的是，我们女人在权利上享受了远古的《诗经》和不过几十年前西方荒唐的性解放带来的女性自由，头脑里却装着两千年来的渣滓，一心向往着幸福。

法则比肠子还长

开始玩QQ的时候，确实在上面交到了很多味道不同的新朋友，但随着QQ人数增多，地毯式铺开寥寥数语的个人世界，让人腻歪的事情也就和现实世界一样乱七八糟地上演了。卖鞋卖衣服卖化妆品海外代购什么的商业广告还在其次，最烦人的就是那些把狗屎头子当黄金的转发信息。

最开始是那种羞羞答答转发链接，大多采摘于一些大路杂志、励志书刊，类似于“35岁之前必须掌握的35条黄金法则,成功的九大定律四大原则”这种。后来估计因为点击链接毕竟要转一道弯，眼球效果并不是很明显，于是干脆将所谓的“法则”层次升级,从“35岁”直接上升到“人生幸福”,从“个人成功”上升到“做大做强”，而且也没有链接了，上来就是绞尽脑汁、费尽心思的浓缩短句，搞得满微博都是这种真正的“智慧”生命的“格言”，让人恍惚间好像来到了遍布全国各地机场的书店，广告声嘶力竭、杀猪一般地叫唤。自从“成功”也成了一门学问以来，借着全国上下一片拜金的热烈氛围，这种读者文摘式的培训把“成功”成功地贩卖到了现实和虚拟的各个角落。你要是不声称你的书架上有这么几本书，你都不好意思跟人家打招呼。

好不容易微信横空出世，我以为状况总会好点吧，不幸的是，青出于蓝而胜于蓝,微信又将QQ这种传统升级了。看看每天的微信圈,都是些什么东西:“你肯定不知道的宇宙定律”“真正的自然法则：吸引力定律”“这样说话你才能成功”“上清北只需要做到这三条”“销售的100条白金法则”“IBM培训课”“马云说过的50句话”……

有人说，这些东西，促人振奋、让人醒悟、揭示秘密，不是挺好的吗？

是的，不错，我没有否认这些东西有他们的价值，对第一次听说的人来讲，甚至教益良多。但允许我说一句话，它的价值真的不大。

首先，定律是一种大的原则，说白了就是一种价值认识，缺乏实操性。就像做企业一样，如果你不能将创造的效益当作福利实实在在地发到员工手中，你就是对“员工才是真的股东”这一条认识得再深刻也没有什么用。关键在于你要在经营中竭心尽力创造真正能为企业带来利润的实用性、操作性强的管理或技术，而这些东西的创新或创造的难度远远比明白一条定律要大得多，更难的是你要在实践中琢磨它们、修正它们、完善它们。即便你有了这些实操性的干货，还不够，你还要下得了狠心将大把大把的钞票发给他们，克服自己的人欲，更不是一次两次的培训课就知道的一些大而空法则定律能解决的。

其次，定律能成为定律，法则之成为法则，不仅是因为它的普世性，更因为它的高度概括性。如果你的法则教本中，动辄就是几十条几十条地出现，请问你记得住吗？我曾经见过一个人昨天转发什么法则 100 条，今天又转发什么定律 50 条，难道你用的时候还要临时查阅逐一对照适用不成？是不是该在大学里设一个法则定律专业，社会上也应该出现一种新职业叫法则选择师啊？法则几条就好，贵在几十年如一日，持之以恒，法则如果成了整天更新的杂志文化，还能叫法则吗？那叫裹脚布。

最后，定律法则和成功与否无关。一个人能够成功，需要自身素质、品格、经历、机会，种种因缘际会方有可能。大道理明白得再多，充其量不过是一个说教者，距离世俗的成功差着十万八千里呢。何况还要具备一定的阅读交流能力？信息泛滥的时代，个体获得信息的渠道可以说多到无法想象。很多人都是敝帚自珍，你眼中的宝贝，也许只不过大众眼中的常识而已。没有人会傻到竟然不知道这些所谓的宇宙真理自然定律，所以一遍遍地在圈子里分享那些所谓的“定律法则”的本质上就是在传播垃圾信息而不自知。与其痛心疾首，唯恐别人不知道似的喋喋不休，不如想办法把自己弄得好笑一点，那样带给朋友的快乐反而要多一点。

凡事都有因果。这个定律是大家都知道的，积因才能生果，真正有作用的东西不用天天讲，时时说。与人为善是为人之本，但不是说你行一善必得一报，长期用心创造性的践行才是真正的因果之道。要不然，你收藏那么多条条框框，比你的肠子还长，会造成消化不良。

骑龙去放火

据报道，成都一个 10 岁的小学生，因为“不遵守会场纪律”被语文老师罚写 1000 字检查或罚站一小时，这孩子因为写不出来，又不愿罚站丢脸，竟然爬到 30 楼上跳楼自杀了。

悲剧一出，听听各种评论，不外乎小学生太敏感、家长平日里关注不够全面、老师的教育方式、万恶的教育体制等。其实，有一个很关键的原因我一直想说，我们的文化，缺乏温和对待一个孩子做另类的行为。无论家庭、社会还是学校，都在自觉不自觉地维护一种标准乖孩子模式，一旦孩子天性走出了成人的轨道，对这孩子未来要被主流抛弃的潜在恐惧，就在家长老师的心中升腾，于是“纪律、三好生、接班人、罚站、抄一百遍”等既是胡萝卜又是大棒的奇异结合物就随之而来，最后还得冲着小孩那泪流满面的委屈小脸上，或者恶狠狠地指着鼻子，或者温柔地抚摸着头发，来上一句“这都是为了你好！”

在这样的一种诡异的氛围里，有哪个孩子能够闯了祸还理直气壮地像英雄一般，而不是痛心疾首地认为自己丢死了爸妈的脸，那真是天生的了不起。我一直羡慕小学同学里那些捣蛋鬼，家长都被校长骂得帽子戴不上了，他还在角落里冲着我做鬼脸，真是天赋异禀。当然那时候我这种乖孩子是不会这么想的，因为我早就被培育成了又红又专的接班人，有着和同学们一样对这种异己分子深恶痛绝的仇恨。

其实我们的文化不是没有欣赏另类的勇气，也不是不尊重另类的权利。就说我们都熟悉的哪吒和孙猴子吧。哪吒那样一个神通的小孩，抽龙筋，剥龙皮，绝对不让父母省心的另类，能出现在我们的图腾文本中，真是让人欣慰。哪吒本来是可以大书特书的一个光芒万丈的人物，可刚有了一个华彩不可逼视的开头，就非常遗憾地被人给阉割了，如同所有的中国式英雄一样，总会有更加神通广大的帮会帮主，将之狠狠地惩罚了之后，教之以天地秩序，宇宙循环之理，成长为成熟的原有秩序维护者。少年时蔑视世俗、离经叛道的不羁青春，却成了如今一脸正统的他日后布经传道的资本。

孙猴子也一个样，在短暂的极富想象力地大放光芒之后，经受500年的惩罚变成了一个紫禁城的动物公公。

另类，被打压，膺服于秩序，维护旧秩序，几千年来我们的文化一直就走不出这种死结。

《发条橙子》里的阿利斯，有着不羁的青春，却在被惩罚之后重拾青春的不羁，所以他们能够养出来乔布斯和比尔·盖茨。我们应多一些宽容，不让那个小学生的悲剧重演。

“神”在哪里

故宫的乾清宫内高悬一匾额，上有清顺治帝亲书的“正大光明”四字，除了意在宣扬清朝帝位之天授正统，还有一层劝勉天子以及官员执政务须效法天地，行事公平端正，如日罩地，怜悯百姓苍生的意思。

它实际上就是皇帝“日三省乎己”的方式。如果细细琢磨一下，“太和殿”“乾清宫”等等还有好多匾额题字都带有这种宣示和警句的含义在里面，用心可谓良苦。

但同其他朝代一样，有清一代，不但明君没有几个，吏治腐败也比前朝有过之无不及。

皇帝官员们不是自小就熟读圣贤书吗？圣训悬于头顶，就算不能“日三省”，就算“三日一省”也不至于君子做不成，偏要做贪官小人祸国殃民啊？

原因当然有不少，这里不展开。但有一条是肯定的，“自省”是非常不靠谱的。

为什么这么说呢？反省是人自己和自己的对话，是自我约束，是自身中更高级别的纠错监督体系和低一级别的认知和欲望体系的斗争和反斗争。有句老话可以很好地解释这个意思，“头上三尺有神明”。

先看什么是“神”，“孔孟一派”是神，“老庄一门”是神，“佛祖菩萨”是神，“皇帝”是神，“逝去的先祖（实际上这属于道释两家具化形象）”是神（当然也有奉“撒旦”为“神”的邪教，根本谈不上什么正向价值判断）。尽管各人所敬之神不同，但“神”是人人都有的一个在内心培养建立起来的思想监督行为裁判体系。比如，古时读书人以“孔孟之道”为自己行为规范标准,府县衙门以“明镜高悬”为神。有了这种所谓的神，一个人才谈得上有反省自身的能力。

但是问题又来了，有了神的监督，人心中有所敬畏之神，人为什么还是不能皆为君子？原因有四。

第一，你建立的神的力量不够强大，战胜不了你的各种欲望和疑惑。实际上，纵观历史，真正能够做到“神胜欲”的人如佛祖、菩萨、老子等少数人。能够做到胜利多些的就是圣贤了，也许有极为个别的个体自修为传说中的神仙圣贤，但凡夫俗子，一生中都在天人交战，自省是战胜不了欲望的。有几个人“己欲立而立人，己欲达而达人”？

第二，自省只能施诸自身。个体不同，神亦不同，沟通首先不畅，更进一步，即便一个团体或组织成员同拜一神，个人反省能力不同，部分人被欲望所虏获，也势必形成团体的对立。

第三，也是最为重要的一个原因，“神”本身固有社会操作性差的弱点。作用于一人之身，神之效用也许明显，从“日三省”修身而得君子正道，并非大话西游。但扩之于人群组织甚至整个社会，缺乏有效的操作性的缺点就非常明显了。比如孔子终其一生推广的“爱仁之治”，充其量是一些好人行为准则，将其上升到约束国君和权贵们的规范，企图将它推进到管理国家经济政治的制度，那是在寄希望于皇帝大臣有能力修身而为一个君子，建堡于沙，几乎不具备真正有效的应用基础。只有到了西汉董仲舒才发现了它“奴民”的好作用。中国传统文化中的易儒释道，大体存在这样的“重道轻术”的内在缺陷，但这属于另外话题，篇幅所限，恕不展开。

第四，“神”源于个体体验，本身缺乏约束力、监督力和惩罚性的力量。一个人为欲望所虏，背叛神祇，来自“神”的惩罚是微弱的，用“神”去对抗人的一部分欲望，特别是权势阶层的欲望，是极端靠不住的。对“神”没有敬畏之心，欲望支配下的做事情也就没有了底线。只有将心中敬畏之“神”剥茧抽丝，具化为操作性和惩罚性俱全的法律法治，或者说奉“法”为神，畏“法”为神，以欲望对抗欲望，即便不用日日反省，这种组织或者社会的公平和公正是明显的。当这种令人敬畏之“法”被社会共同信奉的时候，即便有部分人企图废神再造，也很难找到同盟共犯，想将自己利益凌驾于大多数公众之上的阴谋自然就没有土壤。

其实是想说，组织需要敬规则为神，公民需要敬“法治”为神，才能走向公平正义社会之途。